Undine Gruenter

Pariser Libertinagen

Herausgegeben
von Katrin Hillgruber

Carl Hanser Verlag

Das Motto stammt aus:
Libertinage, die Ausschweifung,

Erschienen im Claassen Verlag.

1 2 3 4 5 09 08 07 06 05

ISBN 3-446-20657-4

Satz: Gaby Michel, Hamburg
Druck und Bindung: Ebner & Spiegel, Ulm
Printed in Germany

»Es existiert jedoch für uns eine Alltagstragik, die des Grotesken, des Geschmacklosen, die des schrecklichen Lachens, das die Seele wie eine Schale ihrer Nuß entleert und das den Körper schüttelt wie eine Wollust, die zu stark ist, als daß sie nur die Bitterkeit der verflogenen Trunkenheit hinter sich zurückließe. Das Geschmacklose, das ist das burleske Unerwartete, das ist der echte moderne Lyrismus. Wollen wir wirklich lyrisch sein, müssen wir gerade die Dinge exaltieren, die die Menschen verachten, jene Dinge, über die sie lachen, ohne daß wir sie dabei aber deformieren; wir müssen von dem Lachen ausgehen, das verhöhnt, um aus ihm ein Lachen zu machen, das verherrlicht.«

Louis Aragon:
Libertinage, die Ausschweifung
(Vorwort)

Libertinagen

Stellen Sie sich vor: Ein gelbes Taxi in der Rue Ordener, in dem der Große Marquis (de Sade) in einem pompösen Akt der *pompes funèbres* zu Grabe getragen wird, im Café Nord-Sud vor der Mairie tanzen nackte Odalisken mit Turbanen von Ingres unter Polizeischutz, Aragon fällt in Ohnmacht, weil er zum Totenmahl seinen eigenen *cadavre exquis* verzehrt hat – ein Hohngesang auf die heiligen Kühe der III. Republik, in dem er die Verkrüppelten des I. Weltkriegs auftreten läßt gegen Ehre, Familie, Vaterland, Militär, Medizin, Jurisprudenz.

Stellen Sie sich vor: Ein Frühling, in dem plötzlich aus gelben Sonnen Schneeflocken fallen und aus den Bürgersteigen schwarze Kreuze wachsen, die Grabmale des Unbekannten Soldaten, ein Winter, in dem plötzlich Narzissen-Felder sprießen auf den Straßen des 18. Arrondissements – *éclat!* –, Asphodelen, in denen junge Narzisse sich wiegen, im Himmel, *liquide,* spiegeln. Eine Jahreszeit, in der junge Dichter in gelben Hosen Fahnen auf Halbmast hissen, auf denen die heiligen Kühe der Aktualität aufgelistet sind: Freiheit der Frau, Freigabe der Homosexualität, Abschaffung der Todesstrafe, Abschaffung des Abtreibungsverbotes, freier Kauf von Verhütungsmitteln, Drogenverbot, Kampagnen gegen amerikanische Raketenlagerung in Europa, gegen Atomkraft, Demonstrations-Erlaubnis, Versammlungsfreiheit

– und auf Spruchbändern intonieren die Dichter mit gelben Schleifen um den Hals Parolen: Vermehrt euch und seid glücklich, rührt in den Städten die Trommeln zur Nacht, erhebt die Farbe Gelb, die Farbe der Libertinage, zu eurem Emblem, vergeßt die Fesseln von Trauschein, Ehe und Erbschein, zerreißt die Bücher der Prediger, die euch Geschichtsanalysen verkaufen oder Beratungen in Fragen der Wirtschaft, Familie und Gesundheit, entlarvt die Idole der Political correctness als eine neue Phase der Prohibition, es blühe nicht länger moralinsaure Denunziation und Askese

– hier in der Rue Ordener geht Aragon durch sein eigenes Buch in *Libertin-age,* das Zeitalter des Libertins ist wieder angebrochen, wir sind ironisch, frivol und heiter wie die erfundenen Narzissenfelder, wir lassen die Pharisäer sich über die Hundescheiße auf Bürgersteigen erregen, wir sind ganz unengagiert in Bürgerrechtsfragen, Strafzettel stecken wir den Statuen ins Maul auf den verschwiegenen Squares, die deklamieren um Mitternacht den *Code civil,* und keiner, der käme und uns Zynismus, den aristokratischen, von Kinderfressern und Mädchenschändern, von Sklaventreibern und Tierquälern, vorwürfe! Die Überraschung ist ästhetisches Manifest, eine *omelette surprise,* unser Leib- und Magengericht, gewürzt mit den Aphrodisiaka von Prokofieffs Orangen.

Denn, werter Bürgerrechtler, der das Schauspiel der

Rue Ordener nachprüft auf Unkorrektheit der Phantasie, unsere Libertinage zerstört vielleicht Milchkannen mit frommer Denkungsart, zerstört vielleicht Parolen von Disziplin und Kontrolle, aber Intrigen von *Liaisons dangereuses* fädelt sie nur ein, wenn der aristokratische Zynismus des Romans nicht am Ende durch das gute bürgerliche Gewissen gerächt wird. Valmont hat im Komplott mit Marquise Merteuil verschiedene Frauen »verdorben«, auch ruiniert bis zum Tod. Doch wo das eigene Begehren sich nicht erfüllt, verströmt auch eine sich intrigant gebende Libertine Pestilenz: Merteuil instrumentalisiert Valmont durch den Kitzel des erotischen Dandyismus. Liebe hat auch sie selbst von ihm nicht zu erwarten. Der Geist, die Zunge wetzen ihre Klingen: Florett, kein Ringkampf der Geschlechter. Am Ende fällt Valmont, gefällt von der Tugend der Liebe, im Duell getötet, man findet die Briefe, in denen Merteuil ihre Feldzüge gegen die »tugendhaften« Frauen entwirft, sie selbst wird entlarvt, aus der Gesellschaft verjagt und flieht nach London, wo ihr Gesicht von der Pest entstellt wird. Demaskiert mit neuer Maske aus Narben. Dieses betuliche Ende ist keines *gelben* Romanciers würdig, denn Romane, offene, geschlossene, post-surrealistische, post-nouveauistische, post-destruktionistische, dekadente, epigonale, alexandrinische – sind wieder erlaubt, seit die Surrealisten noch recht hatten. Und sich an ihre eigenen Manifeste nicht unbedingt hielten. Auch Marquisen dürfen wieder um fünf das Haus verlassen. Kein Vater unmündiger Töchter muß sich aufregen, daß Lektüren wie Choderlos de Laclos auf dem Lehrplan stehen.

Greifen wir gleich noch eine andere heilige Kuh heraus – auch aus einem Spiel des frühen Aragon, der späte (mit seiner heiligen Kuh Elsa Triolet und dem Kommunismus) verlor dann und wann den Schwarzen Humor, obwohl er zuweilen noch mit verschiedenen erfundenen Biographien und Decknamen operierte: die heilige Kuh von der Identität des Ich als Autor. Ein portugiesischer Autor namens Pessoa legte sich gleich vier heute bekannte Namen, Biographien und ebenso viele Stile zu. Wer ist Pessoa? Die von Psychoanalytikern zu entdeckende Selbst-Figur in seinem *Buch der Unruhe*? Der Phantast, der sich abenteuerliche oder unscheinbare Biographien erfand, Autoren wie Alberto Caeiro, Álvaro de Campos oder Ricardo Reis, fiktive Autoren seiner Dichtungen und Oden. Pessoa, so heißt es, bedeute im Portugiesischen soviel wie Person, Maske, Fiktion, Niemand. Die längst überholten Gewißheiten von Literaturkritik und -wissenschaft, daß die Übersetzung des »Ich« in Autor in Figur direkt möglich und ablesbar sei (eine ins Unendliche vervielfältigbare Operation), schütten wir hier mit dem Bade aus.

Dichtung und Wahrheit. Unter der Lupe seziert dieser florierende Zweig Wahrheit und Dichtung. Maskierungen des Ich, Verschwinden des Subjekts, autobiographischer Pakt. Zerstören wir noch einmal die Identifikationen der Leser (& Kinogänger), die Gewohnheit zu entdecken: Diese Figur bin ich (diese Figur ist der Autor). Circulus vitiosus? Keine Rezeption ohne Identifikation? Dies ist der Leser im Stadium der Kindheit, dies ist der erste Schritt, aber er wird zum verlorenen, wenn das Spiel mit Identitäten und Rollen losgeht...

Das unlösbare Problem: das Ich in unendlicher Vermehrung. Das unlösbare Problem – nur bei Woody Allen steigt der Star aus *Purple Rose of Cairo* von der Leinwand. Das unlösbare Problem: auch Aragon kann nicht durch Bretons Bücher spazieren, nicht einmal durch sein eigenes, wenn die Rue Ordener dazu einlädt, im *Bauer von Paris. Pariser Landleben?* Narzissen auf Winterstraßen? Da müßte er schon in die nächste Reklametafel steigen: Kommen Sie, meine Herren, direkt aus dem Winter in den Frühling und fahren Sie mit der Métro auf die Kanarischen Inseln. Da müßte er schon im Untergrund (Underground, Métro) ein kleines Brevier lesen: *Phantasien eines Philisters.* Es war einmal ein Mann, der hatte drei Frauen. Das war nicht orientalische Sitte – Exotismus! –, sondern echte französische Konvention: *épouse, maitresse en titre, une petite garçonne.* Die drei Frauen: die legitime, die feste, die ambulante Geliebte, genügten ihm nicht. Er zeugte mit den drei Frauen jeweils drei Kinder. Nun verfügte er über einen Harem, die Jünglinge wurden früh von den Müttern ausgebildet zu Lustknaben beiderlei Geschlechts – oh! Oedipus, aber wir versuchen nicht, mit Sigmund F. zu verkehren, wie André Breton –, die Mädchen werden erzogen im Sinne der Geishas, und der Eine Mann regiert im Königreich der unendlichen Vermehrung. Der Vergeudung von Pfauenfedern, Myrrhe und Gold.

(In einer früheren Variation dieser erotischen Philisterei sind Kinder, wie in klassischen Werken erotischer Literatur, verboten und werden gleich in Katakomben verspeist, aber wie dann – oh! Kronos! – die ersten Zyklen der Vermehrung gewährleisten? Drei Frauen erscheinen zu wenig für die Befriedigung unendlicher Potenz.)

Auf dem Kopfverband von Apollinaire steht: *Les Mamelles de Tirésias*. (Die ... Titten ... des ... Tiresias.)

Paris, Anfänge

Dann war das schlechte Wetter da.

Der Reisewecker mit schwarzem Lederrücken und wäßrig-grünen Leuchtziffern, mit einem Zifferblatt wie kalte gekochte Milch, dem Weiß von Küchenuhren in gekalkten Eßsälen, tickte in die regnerischen Sätze des Buches, *Paris – ein Fest fürs Leben,* aus dem ich vorlas; und wie das Ticken des Weckers zwischen Brille und Medizin, zwischen Watte und Wasserglas in den Blätterwirbel auf die Place Contrescarpe hinter dem Panthéon drang, so sprang eine Zeit in die andere, ein Tag im *ersten, kalten Winterregen* während der 20er Jahre in einen Nachmittag im letzten Februarschnee während der 80er Jahre; und ein Ort verschwand im anderen, ein Krankenhaus im Kölner Stadtteil Lindenthal, ein Einzelzimmer mit hochrädrigem Krankenbett in einem frühwinterlichen Paris, in dem Hemingway jetzt den Weg die Montagne Sainte-Geneviève hinabging und sich durch den Regen in Richtung Boulevard Saint-Michel schlug.

Während ich vorlas, schob sich ein Zipfel des über die Fußstange des Betts geworfenen roten Bademantels in meinen Blickwinkel, auch die Spitzen eines Paars Halbpantoffeln, die unter dem Bett hervorragten – Bademantel, Pantoffeln, Schlafanzug, hatte Fo geseufzt, die Spießbürger-Ausrüstung für den Kranken als Rekruten, hatte er gemurmelt, als wir in letzter Minute am Abend vor seiner Einweisung diese Dinge in einem Warenhaus gekauft hatten, da er im Alltag über keins von dreien verfügte – der Löffel klirrte leise im Wasserglas, als unten in der Straße eine Straßenbahn vorüberfuhr, und Hemingway setzte sich in ein *gutes Café auf der Place Saint-Michel* und fing an zu schreiben.

Die Nase ist der Zugang zur Seele, hatte Fo gesagt und war ins Krankenhaus gegangen, zu einem Spezialisten, einem Feinmechaniker, wie er sagte, um seine Nasenscheidewand operieren zu lassen, und der Geruchssinn, hatte er gesagt, ist der Sitz des Gedächtnisses.

Hatte er nicht recht? Stieg nicht Vergessenes unerwartet aus einem wiedergefundenen Geruch auf, eine Kindergeschichte aus dem muffigen Papiergeruch eines nach Jahrzehnten wiederaufgeschlagenen Bilderbuchs und eine Liebesgeschichte aus dem verstaubten Mief eines aus einem Schrankwinkel wiederaufgetauchten Schals? – Hier roch es nach frischer Bettwäsche, nach blutigen Wattetampons, nach Medizin und dem aus dem Krankenhausflur unter der Ritze hervordringenden Geruch nach Hühnersuppe mit Ei, nach der Trostlosigkeit an den Rändern sich einrollender Scheiben Mortadella, zwei auf jedem Teller und für jeden Kranken, das war die Abendration. Im Buch roch es nach wärmendem Rum von der Insel Martinique, den Hemingway bei dem Kellner des Cafés bestellte, und nach nassen Regenmänteln, die am Garderobenständer trockneten – das mit den Regenmänteln stand so nicht im Buch, aber ich roch es, weil ich Cafés wie das beschriebene kannte und weil mein Wintermantel aus dickem Tweed, den ich in das Zugabteil, aus dem Zug in die Straßenbahn und dann an einem gelbgestrichenen Wohnblock, 50er-Jahre-Architektur, vorbei und unter der Christusfigur über dem Eingangsportal des Krankenhauses hierher in dieses Zimmer getragen hatte, am Türhaken trocknete.

Es war der dritte Tag, die Operation war gut verlaufen – bei örtlicher Betäubung, hatte er gesagt, es war ein Geknacke und Geknirsche im Kopf, der Schädel war eine Halbkugel aus Ton, ein dumpfer und zugleich hellhöriger Echoraum, du spürst keinen Schmerz, nur das Sägen am Knochen und den Druck, der die Kopfhaut spannt – und Paris war nicht Schneeschauer, Hühnersuppengeruch und ein Krankenhausflur, über den jetzt klappernd die Wagen mit den Plastiktabletts für das Abendessen rollten, es war das andere, wirklichere Leben, das in einer Zugreise von fünf Stunden erreichbar war.

In der Rue des Saints-Pères lag Schnee, als ich aufwachte, es war April, mein erster Besuch in Paris, Mitte der 70er Jahre, und ich lag in einem winzigen Hotelzimmer, in dem man auch bei Tag kaum die Hand vor Augen sehen konnte.

In der Nacht zuvor, als der Zug mit einer halben Stunde Verspätung in den Bahnhof einlief, regnete es, und die Leute warteten mit müden Gesichtern im gelben Licht der Kugellampen unter der Glaskuppel und stürzten dann mit den Reisenden aus der schmutzigen Bahnhofshalle und rannten über das nasse Pflaster, um die nächste Métro zu erwischen oder ein Taxi zu ergattern. Fünf Minuten später schütteten wir an der Theke eines Snack-Imbisses vor den Gleisen einen *express* herunter, stiegen in einen klapprigen, sandgrauen VW-Käfer und fuhren über regennasses Pflaster in Richtung Parc Monceau. Helen hatte mich abgeholt, eine mit meiner Schwester befreundete Übersetzerin, die sich für ein halbes Jahr im 8. Arrondissement eine, wie sie sagte, *möblierte Garçonnière* gemietet hatte, um Abstand zu gewinnen, wie sie sagte, Abstand von einem Geliebten, der bereits drei Frauen und doppelt so viele Kinder hatte, und wie üblich überstieg die Miete ihre finanziellen Mittel. Eine Liebesgeschichte, deren Auszüge ich bereits fragmentarisch aus Gesprächen kannte, die sich zuweilen einen düsteren Anstrich gab und von Verzweiflungsanfällen mit erhöhtem Schlafmittelkonsum bis zu Liebesorgien in Gänseleberpastete alle Stadien einer tränenreichen Herzenstragödie durchlief. Als ich ankam, war gerade die Neuauflage oder ein Nachschlag der Gänseleberphase an der Reihe, der Geliebte, ein Mann mit gelben Wildlederschuhen und durchbrochenen Schweinslederhandschuhen für Autofahrer, war zu Besuch und erwartete uns in der Wohnung, und ich lernte, daß Paris, die Stadt der Liebe, wie es hieß, vor allem die ihrer Abwesenheit war, und ein Geruchsgemisch aus Schneeregen, Sandstein, Balkongitter und lauwarmer, gegen Mitternacht auf dem breiten, himmelblau überzogenen Bett verspeister Gänseleberpastete.

Wir hatten das Haus durch ein seitliches Portal betreten, das, so belehrte mich Helen im Tonfall einer Fremdenführerin, in früheren Zeiten als Einfahrt für die Kutschen der Bewohner und Besucher gedient habe, aber nach diesem pompösen Auftakt, dem ein dreistufiger, mit Lorbeerbäumchen geschmückter Aufgang zur Haustür, der Blick in ein marmoriertes Stucktreppenhaus und ein roter Läufer in der Eingangshalle gefolgt waren, erfüllte das Folgende keineswegs die Erwartung, die die Fassade geweckt hatte. Wir kamen in eine enge Anderthalb-Zimmer-Wohnung, in der der schöne Schein mühsam durch eine an den Ecken abblätternde Barockkommode, eine ausladende Kaminverkleidung (dieses Mal aus echtem Marmor) und ein das Nebenzimmer vollkommen beherrschendes damastglänzendes Bett aufrechterhalten wurde. Der Geliebte erwartete uns mit einer Flasche Wein und einer kleinen Gesellschaft, die sich rund um das Bett gelagert hatte (im angrenzenden Salon gab es nur einen einzigen tiefen Ledersessel, ein 50er-Jahre-Exemplar, und seinem zerfledderten Zustand nach ein Lieblingsstück der Vermieterin), auf dem er selbst mit übereinandergeschlagenen Beinen lagerte; und Helen betrachtete ihr Gesicht im Spiegel neben dem Eingang, den eisblauen Lola-Montez-Blick, wie der Geliebte in Zeiten des Honigmonds gesagt hatte, und den wie eine an den Rändern ausfransende Wunde im bleichen Gesicht klaffenden Mund, ein Eindruck, der aufgrund ihres stets verschmierten triefroten Lippenstifts entstand, eines Rots wie von frischem Tierblut, und zupfte an ihrer Pariser Dauerwelle im schwarzen Haar, das sie früher glatt getragen hatte. Bevor sie hochaufgerichtet zu den anderen ging, munter immer munter, sah ich die Gitter vor den Fenstern zur Straße, die staubigen Vorhänge, und, obwohl der Vermieter offensichtlich zwei Lampen für vollkommen ausreichend gehalten hatte, um eine Garçonnière im 8. Arrondissement standesgemäß zu beleuchten, sah ich im gnädigen Halbdämmer die mit Plunder vollgestopften Ecken und lernte, daß Paris, das *Abenteuer des Lebens,* ein verstaubter Rückzugswinkel war, in dem sich Expatriierte an einsamen Wochenenden wie flügellahme Motten verkrochen. Es war die letzte Nacht, denn der Geliebte sollte am frühen Morgen den Zug zurück nehmen, und die zwei um das Bett gelagerten Paare, deutschstämmige Parisbesucher mit Hotel in der Rue du Faubourg St. Honoré, rasselten mit fröhlichen Stimmen all jene Sensationen herunter, derer sie in den vergangenen Tagen hatten teilhaftig werden können. *Palais Royal, Panthéon, Hôtel Soubise, Trocadéro, Place Vendôme.* Auf ein Eckchen des Bettes plaziert, war ich naiv genug, um hinter den Namen eine Bestandsaufnahme des wirklichen Paris zu vermuten, das greifbare, erlernbare und begehbare Geheimnis der Stadt, und lauschte neugierig den fremden Wortflüssen, die bei den Frauen aus der Höhe der Begeisterung in Wortkaskaden herabstürzten, *Wachsfiguren des Musée Grevin, Blumenmarkt an der Madeleine, Fouquet, Galéries Lafayette, Café de la Paix,* bei den Männern dagegen in ruhige Worttümpel mündeten (hervorgebracht mit der Unerschütterbarkeit und Geduld, wie sie an der Langsamkeit gewohnheitsmäßigen Pfeifestopfens geschult ist), in stehende Gewässer, in denen sich der Triumphbogen der Rue St. Denis, eine Pastellkreide von Boucher im Musée Cognaqc-Jay, ein Martell Perrier in der Bar des Hotels Lutetia und ein englisches Krawattengeschäft unter den Arkaden der Rue de Rivoli versammelten. Ich wußte nicht, daß das Abschreiten ihrer Monumente nicht genügt, um eine Stadt zu kennen, sondern zugleich das entdeckende Ausmessen des inneren Echoraums notwendig ist, der im Zusammenstoß mit dem unbekannten Straßengeflecht entsteht, und während mir die bei Fouquet gekauften Weingeleewürfel, die die zerfließende Pastete zierten, vom Teller rollten, stocherte das Gespräch zwischen den Gabelbissen in den neu eröffneten Prêt-à-porter-Ateliers im Marais und der Provokation der Stahlröhren und Glastunnel des gerade entstehenden Beaubourg, bis sich die Gesellschaft auf Helens Aufforderung erheben und bei geschlossener Verbindungstür im vorderen Zimmer darauf warten mußte, daß sich die Tür wieder öffnete. Der Grund für dies rätselhafte Verhalten lag darin, daß eine der Damen das Cabinet aufsuchen mußte, das sich jedoch in einer Ecke des Schlafzimmers, hinter einer ebenfalls mit hellblauem Anstrich und verschnörkelter Balustrade versehenen Holzverkleidung befand. Der Wechsel vom Sitzen ins Stehen, von einem Zimmer ins andere, ging ebenso diskret vor sich wie die Tatsache, daß niemand eine Bemerkung fallenließ über die in einem solchen Haus immerhin überraschende Installation der sanitären Anlagen. Das Gespräch plätscherte vielmehr ohne Unterbrechung weiter, und beim Abschied tätschelte mir eine der beiden Frauen, eine hakennasige Brünhilde mit Fuchspelz auf dem schwarzen Ledermantel, die Wange und sagte, bis Sie Paris kennen, müssen Sie noch viel leiden. Ich nehme an, sie meinte die Blasen an den Füßen, die ich mir in den endlosen Métrogängen holen würde, vielleicht aber hatte sie auch eine andere Leidensstatistik im Auge, denn, wie vernehmbar, war sie eine Spezialistin für Statistiken.

Es war gegen zwei Uhr, den Liebenden verblieben nur noch wenige Stunden, und sie beschlossen, mich in mein Hotel zu bringen. Der Geliebte streifte seine durchbrochenen Handschuhe über und knöpfte sein Jackett zu, und als ich nach drei Stunden die erste Frage an ihn richtete und mich erkundigte, ob er ein *Buch über Paris* empfehlen könne, denn er war Schriftsteller, sagte er, er führe niemals Gespräche über Bücher, Kunstgespräche seien Geschwätz für Literaten. (Ich vermute, mein unüberwindbarer Hang zu Kunstgesprächen und Literaten hat seinen Ursprung in jener Nacht.)

Auf den wenigen Schritten zum Auto, an der Ecke zur Avenue Ruysdaël, die schnurgerade in den Parc Monceau führt, ging mir Paris flüchtig auf wie das Traumbild dem Schlafenden, dem sich im Erkennen zugleich die Spuren wieder verwischen; Paris, verschüttet hinter den prächtigen Fassaden wie im Schweigen eines Steinsargs, hinter dem Lanzettengitter, das den Park einzäunte, und im gelblichen Licht der Straßenlaternen, die sich als verschwimmende Kreise in den dunklen Fensterscheiben rechts und links der Straße wiederfanden. Der Geliebte versuchte, das klemmende Schloß des klapprigen VW aufzukriegen, ich wartete am Bordstein, und vor mir lag diese *Sackgasse, die in einen Park führt,* die nicht vor einer Mauer endet, denn der Boden des Sacks war offen (wenn auch eingezäunt), hatte Wege und Durchgänge (wenn auch nachts geschlossen).

Der Geliebte nutzte die ausgestorbenen Straßen zu einer kleinen Rennfahrt, und auf dem Rücksitz lernte ich durch die winzigen Fenster ein Stadtalphabet im Stummfilmverfahren laufender Bilder: Schwankende Häuser aus Sandstein, wie Saiten schwingende Balkongitter, in den Himmel berstende Glaskuppeln, sich im Wettlauf überholende Bäume in langen Straßenalleen, zum Wald wachsende vielarmige Kandelaber auf der Place de la Concorde, rot-starre Rauten mit dem TABAC-Zeichen vor geschlossenen Cafétüren und zwischen den enger werdenden Straßenschluchten hinter der Place St. Thomas d'Aquin ein Himmel, der kein Gewölbe war, sondern aus flach segelnden Scheibenstücken bestand.

Der Nachtportier überreichte mir mit dem Zimmerschlüssel einen Brief, den ich verdächtigerweise nicht öffnete, denn ich war nicht hier, um *Abstand zu gewinnen* wie Helen, ich war hierher geschickt, um mir den *Wind um die Nase wehen zu lassen,* wie die Familie sagte, und folgerichtig konnte ich den räumlichen Abstand nur leugnen, indem der Brief geschlossen blieb. Statt dessen probierte ich knarrende Schranktür, Wandlampe und Wasserkran aus, bevor ich mich in das breite Bett mit der schneeweißen Rolle anstelle eines Kopfkissens legte, und als ich aufwachte, war *April, der grausamste Monat,* ich las den Brief, und über den Pont Solférino wehte wäßriger Schnee.

Dann war das schlechte Wetter da. Wenn der Herbst vorbei war, war es eines Tages plötzlich da. Nachts mußten wir die Fenster wegen des Regens schließen, und der kalte

Wind blies die Blätter von den Bäumen der Place Contrescarpe.

Der Kranke hatte den Anfang verschlafen, Schneefäden flogen schräg gegen das Fenster wie bei einem fahrenden Zug, ich wiederholte den Abschnitt, und Krankengeschichte und Lektüregeschichte drehten sich ineinander zum Fluchtort Paris. Das Ferne als Gelesenes, Paris erreichbar auf dem Umweg über Amerika, erzählt von einem Ausländer in Paris. Angesichts der welkrandigen Mortadella und des 50er-Jahre-Wohnblocks auf der anderen Straßenseite wußten wir, daß in Paris schlechtes Wetter gutes wäre, und fingen an, uns im fremden Leben umzusehen, tranken Tee im Select, gingen zu Miss Stein in die Rue de Fleurus und bekamen Eau de vie vorgesetzt, liehen uns Bücher bei Sylvia Beach und Shakespeare & Company und machten die Closerie des Lilas gesellschaftsfähig.

Das Wetter war schön, und diesmal war Herbst. Es war sieben Jahre nach meinem ersten Aufenthalt, und eine in den Jahren dazwischen stetig angewachsene Wand von Tagebuch-, Brief- und Romanliteratur über und um den Fixpunkt Paris gab mir Rückendeckung, eine Mischung aus Bruchstücken von Aragon, Breton, Apollinaire, Cocteau, Gide, Valéry, Proust, Colette, Camus, Sartre, Bataille, um nur einige zu nennen, die in den Beständen der heimatlichen Bibliotheken, zum Teil in kuriosen Ausgaben und veralteten Übersetzungen, zugänglich waren. Ich wohnte wieder in jenem verwinkelten Hôtel de l'Académie, das kurze Zeit darauf renoviert wurde und seinen Charakter vollkommen verändert hat. Ein Hotel mit dämmrigen Fluren, und ich erinnerte mich an einige Irrtümer, die sich beim letzten und vorletzten Mal dort abgespielt hatten. Aber in einer seltsamen Manie, Irrtümer als Glück zu betrachten, was eins der Kunststücke ist, die Frauen nicht schlecht beherrschen, war ich zuversichtlich an den Ausgangspunkt meiner verschiedenen Glückserfahrungen zurückgekehrt. Die buntgeblümte Tapete im Eingangsraum des Hotels, die halb kaputten Wandlampen, die üppige, saftig geschminkte und berüschte Madame an der Rezeption, das zusammengerollte Hündchen auf dem Ledersofa vor dem Tisch mit zerfledderten Zeitschriften gaben auch zu den schönsten Hoffnungen Anlaß, ich füllte den Meldezettel aus, Monsieur käme in einer Stunde. Ich schleifte meinen Koffer in die dritte Etage, stellte fest, daß das Zimmer die nötige existentielle Schäbigkeit zu bieten hatte für zwei Leute, die sich höchstens alle paar Wochen in irgendeinem Hotel zwischen London und Paris trafen, und breitete mein Kleid auf dem Bett aus, ein weites indisches Kleid, wie sie damals Mode waren, mit einem roten Stehkragen. Aus dem Fenster gelehnt, das auf die Seitenstraße ging, betrachtete ich das Treiben im Café-Tabac an der Ecke, vor der Tür saß noch dieselbe struppige Terriermischung wie bei meinem letzten Besuch, und die Patronne, eine blonde Normannin, die stets schwarze Kleider trug wie sie dem einstigen Rouen eines Flaubert hätten entstammen können, flirtete noch auf die gleiche matronenhafte Art mit ihrer Stammkundschaft, während sie mit geübter Geschwindigkeit Bier abzapfte und Ricard einschenkte, und die Stoffrose an ihrem vierzigjährigen rothäutigen Ausschnitt zitterte leise. Schönes Paris, seufzte ich, das Paris der Cafés, der Hunde, der Patronnes und der Wäschereiwagen, von denen einer gerade unter meinem Fenster parkte, um die frisch gemangelte Hotelwäsche zu liefern, das Paris des *œuf dur* und des *café crème* am Morgen, ich seufzte wieder, stellte zwei Weinflaschen, die ich auf dem Hinweg bei Nicolas um die Ecke gekauft hatte, auf die schmale Fensterbank vor die Gitterbrüstung und wandte mich meiner Aufrüstung zu, denn es war ja wieder Anfang.

Auf dem Bett liegend, umgezogen, gekämmt und einbalsamiert studierte ich den von der Rezeption mitgenommenen Stadtplan, es war einer von denen, die zu keinem anderen Zweck als zur Werbung für *Galéries Lafayette* oder *Samaritaine* hergestellt waren, denn das abgebildete Straßennetz beruhte auf der großzügigen Auslassung von zwei Dritteln seiner Verkehrsadern, aber ich liebte diese den Kommerz vertuschenden Lückenpläne, da sie der Phantasie mehr Spielraum ließen, und die Karte des *anderen Paris* hatte ich bei meinem letzten Besuch bereits abgesteckt, und nun ging es darum, es bis in seine einzelnen Adern zu verfolgen. Das *andere Paris* umschloß den Osten, das Ansammlungsbündel von Einwanderern, Afrikanern, Arabern, Chinesen, von Arbeitern und Kleinbürgern, umfaßte das System des Canal St. Martin bis zum Canal de l'Ourcq, die Viertel um strategische Punkte wie Stalingrad, République, Bastille und die Buttes Chaumont in Belleville; lange Straßenschneisen wie die der Rue des Pyrénées, die von Belleville tief in den Süden führte, die Rue Marcadet, die sich vom nördlichen Abhang von Montmartre durch die Goutte d'Or schlängelte, die Rue Alésia im Süden, die mit ihren Akazienbäumen und niedrigen Häusern den Charakter einer südlicheren Provinzstadt vorwegnahm, oder die Grands Boulevards, deren Entdeckung ich vor allem Kracauers Buch über Jacques Offenbach zu verdanken hatte. Es war das Terrain des Alltagslebens, das sich im Osten auf der Straße abspielte und in jedem Geranientopf oder der ins Fenster einer Parterrewohnung geklemmten Sportzeitung ausdrückte, während es sich im Westen der Stadt vornehm und lautlos hinter die Mauern zurückzog.

Die Dämmerung zog ins Zimmer, es war ein schöner klarer Septemberhimmel, der über dem monumentale Stille verbreitenden Verwaltungsgebäude auf der anderen Seite der Rue des Saints-Pères lag, ich bohrte Löcher hinein, in den glatten Himmel, bei der Überlegung, wohin ich Monsieur heute nacht führen würde, nach einem selbstverständlich leidenschaftlichen Begrüßungsakt, und ich sah uns im Zimmer umhertasten und die zerknüllten und ineinander verdrehten Wäschestücke aufsammeln, ich sah die nach links gedrehten Strumpfknäuel, Trophäen der Leidenschaft – da konnte ich kaum noch die Ziffern auf meiner Armbanduhr erkennen und bemerkte, daß Monsieur sich bereits um eine halbe Stunde verspätet hatte. Ich gestattete mir nicht den Luxus, den ersten Anzeichen einer Beunruhigung nachzugeben, und überließ mich der schwierigen Wahl zwischen einem nächtlichen Spaziergang in den Höhen des Chinesenviertels im 19. Arrondissement oder in den gefährlichen Tiefen der Slums hinter der Gare de Lyon. Nach einer weiteren halben Stunde konnte ich im Zimmer meine neben dem Bett aufgestellten Schuhe nicht mehr erkennen, obwohl draußen über dem Dach noch immer der schöne klare, kaum dunkler gewordene Septemberhimmel lag, und in meine Fragen – die Straßen des Templerordens um vier? – schlich sich die nagende Ungewißheit über den Grund der Verspätung und überflutete mit stetig steigendem Pegel meine *Träumereien eines Spaziergängers*. Ich führte Gründe an: Innenstadt zwischen Seine und Gare du Nord verstopft, kein Durchkommen per Taxi; Zugverspätung, weil eine Verrückte die Notbremse gezogen oder der Zugführer auf einem belgischen Bahnhof ein dringendes Telefongespräch hatte führen müssen; Bahnstreik in Belgien; oder Monsieur war in den falschen Zug gestiegen, einen überfüllten Zug nach Brüssel, in dem sich eine lärmende Schulklasse, Coca-Cola trinkend und Walkman auf den Ohren, über die Sitze fläzte. Aber es nützte nichts, während ich Gründe und Ausflüchte anführte, sah ich mich, mit Koffer und Schultertuch, gestrandet am Bordstein, in meinem Rücken die zugefallene Eingangstür des Hotels, und knipste die Wandlampe über dem Kopfende an, stieg in die Schuhe, nahm meinen Wollschal und die Secondhand-Unterarmtasche und fuhr mit dem Aufzug nach unten.

Hatte ich mir nicht geschworen, mein Leben als eine *Kette von Anfängen* zu gestalten – denn für das Ende bliebe mir immer noch Zeit genug, dann, wenn es wirklich das altersschwache, zahnlose, nach Whiskey und Erinnerungen riechende, von greisenhaftem Lächeln verzerrte Ende wäre? Aber wenigstens mußte am Anfang etwas passieren, oder war auch dies schon ein Anfang? Ich ließ mich auf dem Sofa in der Halle nieder, das Hündchen rückte, Nase unterm Schwanz, zusammengerollt dem Hundetraum eines Pekinesen hingegeben, keinen Zentimeter, und ich griff nach einer Zeitschrift des Club Mediterranée, angestrengt nach draußen auf das Motorgeräusch, die zuschlagende Tür eines Taxis lauschend.

Keine gute Idee, dachte ich kleinlaut, jeden Anfang mit einem anderen wiederholen und löschen zu wollen, während vor mir braungebrannte Körper auf weißsegligen Surfbrettern in der Bläue des Mittelmeers kreuzten, dem Blau, absolut gesetzt, dem Blau, auf die Spitze getrieben in einem alles umfassenden Blaukosmos von Meer, Himmel und Fotopapier. Morgen werden wir das Hotel wechseln, dachte ich, und ein anderer Anfang in diesem Hotel fiel mir ein, ein Waschbecken, in dem ein vertrockneter Blumenstrauß lag, weil über Nacht das Wasser abgelaufen war. Und jemand fiel mir ein, der im Nebenbett mit offenem Mund schlief, das letzte oder vorletzte Mal, jemand, den ich genau betrachtete, die schwarzen Pünktchen der Mitesser auf der Nase und das größere linke Ohr, bevor ich einen Hundert-Franc-Schein unter den Aschenbecher schob, denn ich wußte, er war abgebrannt, und auf Zehenspitzen das Zimmer verließ. Verflogen, alles verflogen, dachte ich, die ganze Clownerie, eine zehntägige Mischung aus Warten, Tangotanzen und einem gelegentlichen Sandwich oder einem *coup de champagne* im Bonaparte. Und in den Falten der Bettlaken Fallträume.

Da aber, ins Meeresblau einer Gruppenreise nach Casablanca vertieft, nahte das *happy beginning*, der verzögerte Anfang, in Gestalt eines scharf am Bordstein parkenden Taxis, eines Türenschlagens und Portalaufschwingens, und Monsieur und ich flogen uns in die Arme, während das Hündchen mit müdem Lächeln den Kopf unter der Zeitschrift hervorzog, die ich im Überschwang auf es hatte fallen lassen.

Das Wetter war immer noch schlecht, Hemingway hatte dem schwarzen, rabenfiedrig gestutzten Haar eines Mädchens nachgeträumt und aß ein Dutzend Portugaises, die er mit einem halben Liter Weißwein herunterspülte, und die Mortadella war weggeräumt. Fo saß im Bett, die Tampons waren entfernt, und das Gesicht hatte sich dem angenähert, das ich kannte. Er hatte erfahren, daß er am nächsten Tag entlassen würde, und während er aufstand, den roten Bademantel anzog und in die unsäglichen, aber doch halbwegs erträglichen Pantoffeln schlüpfte, um mich bis an den Eingang zu begleiten, sagte er, wohnen wir doch das nächste Mal wieder in der Rue des Saints-Pères.

Ode an eine Treppe

Schwarzweiße Stadt. Regenglänzendes Pflaster. Ein Winterbaum, ein schwarzer Stamm. Kahle Äste, am Fuß der Treppe. Auf jedem Absatz eine Laterne. Man steigt die Stufen, den bepflasterten Berg hinab, in einen Morgen voll Regen und Pastis und erloschener Laternen. Man kommt auf den Platz, die Bänke sind leer. Ich werde durch dieses Bild gehen. Die Treppe hinab. Ich werde die Stufen hinabsteigen und niemanden finden.

An jenem Morgen – die Stufen glänzten, schwarz vor Nässe. Die Hoteltür klappte zu, wir waren schon abgewandt, sie klappte zu hinter der Nacht, hinter dem Fenster über der Stadt. Die Schornsteine hörten auf zu rauchen. Die Laternen verloschen. Nasses Laub auf dem Pflaster. Die Stadt verschwand im Nebel, zu unseren Füßen. Irgendwo in der Tiefe schlängelte sich der Fluß wie ein giftiger Spiegel. Schwarzes Band. Schwarzes Wasser. Und Quecksilber. Dort im Fluß, während wir hinabstiegen, war dort die Nacht wiederzufinden, jene für immer vergessene Nacht? Nacht, als wir die Treppe hinaufstiegen? Der Regen war leicht und die Laternen leuchteten sanft durch den nebligen Dunst. Wir gingen umschlungen und sanken sofort in Schlaf. Ein Hotelzimmer, zu Füßen die nächtliche Stadt. Ein Fenster, das brannte in unseren Schlaf, leuchtende Narbe der Erinnerung in unseren umschlungenen Körpern. Ein Fenster, das löschte die Erinnerung aus, als der Morgen anstieg und die Fläche, regengrau, sich aufhellte.

Variation auf einen Schwan

An einem grauen Tag ging ich durch die Tuileriengärten. Der Himmel war bleischwer und der Kies unter meinen Füßen weiß von Staub. Weißer Staub, Erinnerung an die Kalksteinbrüche, aus denen der Stein dieser Stadt geholt wurde, um sie zu bauen. Auch die Farbe meiner Erinnerung: ausgebleicht. Jetzt aber zerfällt die Geschichte in ihre gläsernen Splitter. Eine Pyramide aus Glas entsteht. Die Place du Carrousel ist umstellt von Baugerüsten. Von Kränen, die gegen den bleiernen Himmel schreien. Von Bretterzäunen, mit den Graffiti der Touristen. *Nous sommes si jeunes, nous ne pouvons pas attendre.* Die feingeschnittenen Hecken und abgezirkelten Beete, in Stufen, sind verkommen zu Gestrüpp. Auf einer Bank sitzt ein Mann, das Gesicht in den Händen vergraben, allein, inmitten dieses Drecks. Und über den dunkelschweren Laubmassen, am Rand der Alleen, hängt ein Gewitter. Der Wasserstrahl der Brunnen am Anfang und Ende der Allee aber steigt in den Nachmittag wie immer, während die Autoschlange pestet in der Rue de Rivoli. Und nirgends ein Schwan, der, aus einem Käfig am Quai de la Mégisserie entflohen, sich im Staub badet.

Heiratspläne

Am Ende fuhr sie nicht nach Paris, um den Kerl dazu zu bewegen, sie zu heiraten. Was macht das Weib in Paris? Das Wonneweib. Es kann die Peitsche entbehren. Auch die Wonne, aber nicht die Wanne. Es sucht einen kleinen Wigwam, wo es den müden Indianer mit Spiegeln, Kaminen und Konsolen à la française, mit Coq au vin und Mousse au chocolat unter ihre Fittiche bringen kann. Welches war die Farbe ihrer Federn?

Stop. Falscher Anfang.

Die erste gemeinsame Wohnung. Ein Risiko. Fünf Jahre hatten sie, als strenge Intellektuelle, in zwei Wohnungen gewohnt, in Deutschland, im selben Haus, welch Luxus (2 Wannen), aber es mußte sein. Die Wohnungen waren winzig, ein Zimmer, ein halbes mit Kochecke, ein Bad. (In seiner Wanne stapelten sich Manuskripte, die er redigieren mußte.) Fünf Jahre Glück auf 40 qm, mit Spaghetti und Hasenrücken und Rotwein mit – o-là-là! – tatsächlich: Bratkartoffeln und einem zu schmalen Bett. Der Wigwam war natürlich bei ihr, als ob sie Simone de Beauvoir nachspielen wollte, doch er war weder Sartre, der Freund im gleichen Hotel, noch Nelson Algren, die amerikanische Passion, für die sie zur Wigwam-Frau werden wollte und doch in Paris blieb, auf die Dauer nicht mehr zu zweit im gleichen Hotel.

Ein Jahr Paris war ihr geschenkt, sie saß im Hotel und suchte – Pariser Preise – die erste gemeinsame Wohnung. Ein Risiko. Wäsche und Kochtöpfe und nie mehr allein telefonieren? Im Ernst: Auch in Deutschland hatten sie Wochenende, Ferien und Krankheiten in einem, in ihrem Zimmer überstanden, das Telefonieren, die Kochtöpfe, schmutzige Hemden und Medikamente – es würde schon gehen. Wenn man die Wohnung fände, nicht teurer als 4000.– Franc, und das schöne 6. Arrondissement hatte man sich gleich aus dem Kopf geschlagen, Dachwohnung Place St. Sulpice, Jardin du Luxembourg oder Denfert-Rocherau. *A louer* – in Paris nicht sehr üblich, und für *chambre de bonne* waren sie wirklich zu alt. Mutlos? Nach 41 Angeboten, die keine waren, nach Spelunken für 6000.– Franc in der klassischen Rue Condorcet zum Beispiel, im 9. Arrondissement. Nach einer winzigen, zu winzigen Wohnung in der Rue Fontaine du But, die sie schließlich per Kaution reservierte, aber die war modern, eine *maison récente*, kein Traum, kein Fest für Ausländer in Paris, nur für Amerikaner, die ihre Pariser Literaten nicht gelesen hatten. Und nebenan war eine Reparatur-Werkstatt-Garage. Motorenlärm ...

Nächster Tag: *Figaro*. Oder war es *Libération*? Rendezvous sur place, mercredi, 14h, 14 Rue Lapeyrère, pt. Drei Zimmer – sie fuhr in die jetzt schon vertrautere Gegend zwischen der feudaleren Rue Caulaincourt und der ordinäreren Rue Ordener (beides Namen von Generälen). Um die Ecke die Place Jules Joffrin, Kirche, Métro, Mairie, Cafés, Linie No 12, Richtung Mairie d'Issy. Um die Ecke: Straßenmarkt, Rue Damremont, in der Rue Ordener Geschäfte, Papeterie, Traiteure, Boulangerien, Cafés, Hotels, Akazien-Allee. Das Haus, *pierre de taille*, heller Pariser Sandstein, Entrée mit Marmor und Spiegeln, Treppenhaus altes Holz, roter Teppich, Concierge mit Hündchen, 1. Stock rechts, ein Zimmer zur Straße und zwei zum Hof, langer dunkler Flur, Bad, schwarz gekachelt, kleine Küche. Phantastisch. 18. Arrondissement, und aller verblichener Konsolencharme der Bourgeoisie, den sie sich für ein Jahr nie erträumt hätte. Und *tout confort*. Es gab heißes Wasser und Zentralheizung in zwei Zimmern. Der Indianer mußte nur noch signieren.

Sie: lotste den Angereisten in ihr Hotelzimmer, in die Agentur auf die Champs Elysées – den Schlüssel hatten sie nicht für die Wohnung, er hatte das Haus nur von außen gesehen. Es waren noch andere Bewerber da, denn schließlich war die Miete erschwinglich: 4200.– Franc, ohne Charges (500.– FF). Und sie: Ausländer, daß sie zur Europäischen Gemeinschaft gehörten, schien bei Behörden hier keine Rolle zu spielen. Nun, immerhin, er hatte eine französische Einladung, Gastdozentur, eine Einladung von der Ecole des Hautes Etudes – ob man in einer Immobilienagentur wußte, daß dies die Schule von Derrida & Co war? Sie hatten den Brief mit der Einladung auf französisch, sie hatten Pässe, sie hatten Gehaltsauszüge aus Deutschland – die Maklerinnen waren reizend. Zögerten sie? Eine Sekunde zu lang. Da sagte er: »Nun geben Sie uns die Wohnung, ich werde sie auch heiraten.« Alle brachen in Lachen aus. »Ce n'est pas nécessaire en France, Monsieur.« Und sie wurden entlassen, zur Vertragsunterzeichnung.

*

Zwei Jahre später. Sie wohnten noch in der Wohnung, die für ein Jahr gemietet war. Der Vertrag lief auf drei Jahre, sie hatten sich eingewöhnt, mit Spaghetti und Bratkartoffeln und Rotwein, und verfaßten ihre unsterblichen Werke dort wie seit eh und je Ausländer in Paris. *Ein Fest fürs Leben.*

Sie reiste nach Deutschland. Und ging am Rhein spazieren. Bekenntnisse pflegte sie zu vermeiden. »X ist geschieden«, erzählte sie ihrem Vater auf dem Spaziergang. Er zeigte ihr das Foto seiner neuesten Freundin. »Aber eigentlich bin ich auch ab und an in Y verliebt«, sagte sie. »*Jules und Jim?«*, fragte der Vater, »Truffaut und Jeanne Moreau, zwei Freunde und eine Frau?« »Nein, so schlimm ist es nicht«, sagte sie, »tödlich wird es nicht enden, wie stets bei Truffaut die lautlosen Passionen, Dreiecksgeschichten. Es ist eigentlich eine Chimäre von mir. Aber Chimären...« »Ich würde es mal versuchen«, sagte der Vater, und meinte die Heirat mit X. »Ihr kennt euch, ihr lebt seit Jahren zusammen, seit sieben, ich würde es einmal versuchen.«

Vielleicht fürchtete sie, ihre geniale Intellektualität zu verlieren, wenn sie sich auf eine Heirat einließe. Und: Väter haben die Töchter gern unter der Haube. Versorgt.

*

Auch Indianer.

Ihr Dasein als hüstelnde Mimi aus *La Bohème* machte ihm Sorgen. Ein sicheres Einkommen hatte sie nicht, auf dem Abstellgleis in Paris, ihre Tantiemen schwankten beträchtlich, je nach Saison. »Ich würde es mal versuchen« – neun Jahre schon lebten sie jetzt zusammen. Und immer noch in Paris. Wenn kein Weltkrieg kam wie für Henry Miller und Hemingway, würden sie bleiben. Es kam der Golfkrieg. Eine *carte de séjour* hatten sie immer noch nicht. Aber immer noch seinen Gehaltsauszug. Aus Deutschland. Also: Hochzeit im Mai. Das Wonneweib und der Wonnemonat. Der Mai war kalt, sie trug schwarzen Hut, ein Kostüm in Wüstenfarbe. Die Fenster des Standesamtes gingen auf dichtes dunkles Regenlaub im Park, im rheinischen Park, nebenan das Schumann-Konservatorium. Sie hatten Ringe, Rotgold, das war schwer aufzutreiben (nur im Mai?), das Rotgold und der Ehereif. Im Hafen gab es dann Lunch, für neun, ein Essen zwischen zwei Zügen, das Hochzeitspaar braust gleich wieder ab, nach Paris. Es gab kleine Fische, Nouvelle cuisine, kein Coq au vin, kein Wigwam-Mahl. Paris – kein Ort zum Heiraten? Bürokratie, Gouvernement machten es unmöglich – Europäische Gemeinschaft. Paris – eine Hochzeitsreise in die freie Liebe, neun Jahre lang.

Diese Seite der Stadt

In jener Epoche gab es in Paris noch einige wenige dieser unscheinbaren Lokale, die, halb Eßlokal, halb Bistro, wegen ihrer kargen Ausstattung zugleich die Atmosphäre eines Wartesaals wie die einer Familienpension besaßen. Ob nun der Vergleich mit Vorstadt-Bars oder der mit Refektoriumssälen näherliegt – in ihrer Mischung von Trostlosigkeit und Intimität –, es waren Orte für mehr oder weniger geschlossene Gesellschaften. Die gleichen Leute, aus den umliegenden Straßen, die sich zur gleichen Stunde immer wieder dort einfanden. In einem dieser Lokale, das, nicht weit von meiner damaligen Pariser Wohnung entfernt, am Fuß des Nordabhangs von Montmartre lag, war ich damals häufig zu Gast. Genauer gesagt: Es lag an der Ecke zu jener kleinen Sackgasse, an deren Ende eine der vielen steilen Montmartre-Treppen den Berg hinaufführen, in diesem Fall zur Métrostation Lamarck-Caulaincourt, da, wo die Häuser schon vorstädtisch niedriger werden und die Fassaden, irgendwann weiß gestrichen, aber mit längst abblätterndem Verputz, nichts mehr von der erhabenen Kälte der typischen Pariser Architektur aufweisen. An gewissen Nachmittagen, wenn die Hunde vor der offenen Tür auf dem Bürgersteig lagen und der Patron gedankenverloren auf die Straße blickte, während er mechanisch die Gläser abtrocknete, hatte die Gegend etwas von der Trägheit und der Stille verschlafener Provinzstädte.

Es war meine erste Pariser Zeit. Die Arbeit an dem Buch, an dem ich schrieb, war schwierig und stockte, und die Stadt war fremd und voller Versprechungen. Und so verließ ich, so oft es ging, den Schreibtisch und die Wohnung und lief durch die Straßen mit ihrem herbstlichen Geruch nach abfallendem Laub, und wenn der früher einbrechende Abend die Straßen verwandelte, die Autoschlangen sich den Berg hochquälten und einzelne Zimmer, jedes eine Abgeschlossenheit für sich, in der Dunkelheit der Mauern zu leuchten begannen, dann saß ich in irgendeiner Ecke des Viertels in einer Bar, in einem Winkel mit Lederbänken und Wandspiegeln und wie Strandgut an den Wänden zurückgelassenen Bildern – Bildern von Dilettanten, seit hundert Jahren immer wieder das Motiv dieses Hügels variierend. Vermutlich hatten die zahllosen Maler, aus denen nichts geworden war, diese Bilder als Zahlungsmittel dem Wirt überlassen, um die unzähligen Gläser rouge oder rosé zu begleichen – und ich trank. Das Trinken, so lernte ich hier, hatte nichts Trauriges oder Verzweifeltes an sich wie in nordischen Ländern, nichts Zerstörerisches und Lebensfeindliches, sondern war, wie alles, was die Metropole von der Provinzstadt unterscheidet, beiläufig und selbstverständlich und hatte, auch wenn es gelegentlich schweigsam zuging dabei, etwas von Einverständnis und Heiterkeit – obwohl Schweigsamkeit selten vorkommt in einem Land, in dem noch der einfachste Mann die Sprache von Kind an rhetorisch zu handhaben versteht und in dem er noch die alltäglichste Situation in eine kleine deklamatorische Szene verwandelt, als wäre es unmöglich, sich in der Welt anders zu verhalten als auf einer Bühne.

Spätestens danach aber ging es in den Etoile de Montmartre, so nannte sich das Lokal, von dem ich anfangs sprach. Ich habe sie alle dorthin mitgenommen, die wenigen Freunde, die mich aus Deutschland besuchen kamen, die neuen Freunde, die Zufallsbekanntschaften: Einen Gelehrten vom Collège de France, der, kaum irritiert von der grellen Beleuchtung und dem Lärmen um ihn herum, einen ganzen Abend ohne Unterbrechung über die Bekenntnisse des heiligen Augustinus dozierte, er hatte die Angewohnheit, sich weit über den Tisch vorzubeugen und mir beim Sprechen ins Gesicht zu spucken und mit hageren Fingern das Glas zu umklammern; eine Bildhauerin, die, asthmatisch geworden vom Staub in ihrem Atelier, rasselnd atmend, für nichts anderes mehr Aufmerksamkeit aufbringen konnte als für die Dinge, die sich am Boden bewegen – so stellte sie Pfützen her aus Marmor, Blutlachen, Rinnsale, wie sie entlang der Pariser Bürgersteige fließen; einen Einwanderer aus Tunis – der fristete sein Leben seit vierzehn Jahren als Gelegenheitsarbeiter, und alle Zähne in seinem Mund waren schwarz, denn die Versicherung zahlte nichts, und so faulten sie vor sich hin. Der kannte alle Filme von Carné und Vigo und Ophüls, denn er hatte eine Ausbildung als Kameramann, und mit kehliger Stimme, aufgerauht von der trockenen nordafrikanischen Luft, nach der er sich zurücksehnte, sprach er in die Nächte ein vernichtendes Urteil über das Abendland und die Sackgasse von Fortschritt und Profit, und träumte von der Rückkehr und den Ruinen Karthagos.

Ich erinnere mich, es war immer zu kalt an diesen Abenden, die vom Kachelboden aufsteigende, durch die stets offenstehende Tür hereinbrechende Kälte und das von der Decke strahlende Neonlicht, das die Gesichter ausnahmslos geisterhaft und gealtert erscheinen ließ, gaben dem Saal, wenn man von draußen hereinblickte, etwas Abweisendes und Hartes, jedenfalls fehlte alles Einladende und, um es mit einem deutschen Wort zu sagen: Gemütliche. War man aber einmal inmitten des Tumults und des Lärmens, das den Saal bis unter die hohe Decke erfüllte und, da es einen starken Echohall gab, sich verdoppelte und vervielfältigte, fühlte man sich gleich eingemeindet, obwohl niemand sogleich mit dem Nachbarn vertraulich wurde, sondern jede Gruppe unter sich blieb und sich nur manchmal ein paar Worte quer über die Tische zurief.

Das ganze Lokal bestand nur aus einem einzigen weitläufigen Saal, in dessen Vordergrund sich die Theke befand, an der Männer mittleren Alters stehend ihren Pastis tranken, im Hintergrund die Tischreihen, mit weißen Papiertüchern gedeckt und Wassergläsern für den Wein. An den Wänden zwei Kommoden, von der Großtante geerbt, denn das Ganze firmierte als Familienbetrieb, auf der einen standen die Tartes und Gateaux und auf der anderen die Schüsseln mit Salaten und saurem Eingelegten, und auch das war wie bei einem Familienfest in der Provinz.

Ich habe nur von den Abenden dort gesprochen. Vielleicht aber war die schönste, die angemessenste Zeit der frühe Mittag, wenn das Licht, durch die wandhohen Scheiben zur Straße einfallend, die hellgekalkten Wände überflutete und in seiner irisierenden Durchsichtigkeit sogleich in Rausch versetzte – wie die zahllosen Flaschen, die wir leerten und die auf dem Fußboden rollten. Über das »Licht« stritten wir bei einem dieser Gelage – es gab einen, der behauptete, alles sei Einbildung und das Licht sei überall gleich, und einen anderen, der fand, es sei unvergleichlich, transparent, durchsichtig, irisierend wie der Himmel am Meer der Kanalküste, und er stellte die Behauptung auf, dieser Himmel erscheine so durch die schnurgeraden Schneisen der Straßen, die geometrische Stollenarchitektur dieser Stadt, auf Prospekte angelegt, erst sie erschaffe diesen Himmel der Leichtigkeit, und ein anderer sagte, es sei nichts als der Stein, das unvergleichliche Licht sei die Reflexion auf den grauen und weißen Stein, aus dem die ganze Stadt gebaut wurde.

Als das gesprochen wurde, war es das letzte Mal, daß ich mit so vielen dort saß. Es war einer dabei, der war ausgemergelt bis auf die Knochen. Er hatte einen abwesenden Blick und führte die bissigste Rede, ohne je die langsam verglühende Zigarette aus dem Mund zu nehmen. Ein anderer hatte ein heimliches Gebrechen, das an ihm fraß bis auf den Tod, und der Schmerz bestimmte den Ton seines Lebens. Aber dieser Tag beflügelte ihn, und vielleicht entdeckte er plötzlich den hellen Tag und das Licht und die Stimmen und die Gesichter um ihn. Ein dritter war verliebt, und der Stachel der Liebe trieb ihm den

Geist an und den Witz, er unterhielt die ganze Gesellschaft mit unerhörten Episoden, und das Mädchen, dem dieses ganze Feuerwerk galt, belohnte ihn mit den schönsten Blicken. Oder besser: Mit *einem* Blick, denn wenn es stimmt, daß es nie die ganze Person, sondern immer nur eine winzige Einzelheit ist, in die man sich zu Beginn verliebt, dann war der Blick dieses Mädchens der beste Beweis. Es schien nämlich gar nicht auf die Reden ihres Gegenübers zu achten, sondern betrachtete nur verzückt die Handbewegungen, mit denen dieser ganze Wortreichtum unterstrichen wurde, und tatsächlich waren es Gesten von unerhörter Zartheit und Leichtigkeit. Dann gab es einen Vierten und Fünften, einen Sechsten und Siebten, bis zum Neunten an diesem Tisch, und manchmal entstand inmitten dieses Lärmens ein Echoraum von Stille. Und manchmal sah man durch die im Sonnenlicht blendenden Milchglasscheiben den Schatten einer Gestalt auf der dahinter ansteigenden Straße vorübergehen, zuerst sah man den Kopf, den Leib bis zur Hüfte, er wuchs, durchquerte das Bild, und am Ende sah man die Beine, vergrößert.

Es kam eine ruhigere Zeit, ich arbeitete viel zu Hause und ging nur noch selten am Abend in den Etoile, um dort in Eile eine Kleinigkeit zu essen. Wenn ich auch stets nur kurz blieb, konnte ich doch auf Dauer nicht umhin, eine jüngere Frau zu bemerken, die ich früher nie hier gesehen hatte und die jeden Abend um dieselbe Zeit an einem der kleinen, seitlich an der Wand aufgestellten Einzeltische Platz nahm. Was ihr Äußeres betrifft, gab es nichts Auffälliges an ihr, sie schien mir nachlässig gekleidet, so daß ich schon jetzt nicht mehr sagen könnte, was für Kleider sie trug. Sie schien auch nicht die mindeste Aufmerksamkeit auf sich ziehen zu wollen, so sehr war sie mit *sich* beschäftigt. Kaum hatte sie Platz genommen, trank sie in großen Schlucken von dem Wein, der in einer Karaffe vor ihr auf dem Tisch stand, ohne den Blick zu erheben von dem Buch, das sie aus der Jackentasche gezogen und in dem sie sogleich zu lesen begonnen hatte. So sehe ich sie: In leicht vornübergebeugter Haltung vor der kahlen Wand sitzen, in dieser schlechten Haltung, wie sie Leute besitzen, die viel am Schreibtisch sitzen, das Buch in der Hand haltend, ab und zu mit der anderen gedankenverloren den Hund der Wirtin kraulend, der am Boden eine unsichtbare Fährte aufnehmend sich ihr genähert hatte, dann das Buch neben den Teller legend, wenn sie zu essen begann, den Kopf zu tief über den Teller gebeugt, wie Leute, die es aufgegeben haben, Rücksicht auf ihre Tischsitten zu nehmen, da sie seit langem ihre Mahlzeiten allein einnehmen. Manchmal auch meinte ich sie leise vor sich hin lachen zu hören, wie jemand, der sich völlig allein glaubt und unbeobachtet, dieses leise Lachen und das Rascheln beim Umwenden der Seite durchdrangen einander, und dann zückte sie einen Stift und unterstrich eine Zeile oder kritzelte einige Worte in das Buch. Manchmal aber lachte sie plötzlich so hoch und durchdringend beim Umwenden einer Seite, daß ich dachte, das Glas vor ihr auf dem Tisch müsse zerspringen, und ich blickte mich ängstlich um, ob jemand erschreckt aufgefahren sei bei diesem Lachen. Wenn das geschah, öffnete sich unwillkürlich ihre Hand und man sah ein zerknülltes gelbliches Bällchen Papier dort liegen, kleine

Kugel aus welkem Blatt, mit Schriftzeichen bedeckt, so dünn, daß ein leichtes Reiben der Finger es zu Staub zerrieben hätte.

Dieses welke Bällchen beschäftigte mich sehr, und schließlich ergab sich doch eine Gelegenheit, mit ihr ins Gespräch zu kommen. Am langen Tisch in der Mitte war ein Streit ausgebrochen, provoziert von einem, der seine Arbeit am Tag zuvor verloren hatte, das artete aus in eine Prügelei mit seinem Gegenüber, bis der Patron die zwei an die Luft setzte. Die anderen Gäste waren von ihren Sitzen aufgestanden und hatten die Streithähne umringt, und als sie draußen waren, stand man noch in der Runde und sprach erregt über den Vorfall. Die junge Frau stand zufällig neben mir, ich sprach sie an, und schließlich kamen wir auf das Lokal, das offensichtlich unser beider Gewohnheit war, zu sprechen, auf die Lage, die angenehme Bedienung, das reichliche Essen. Offenbar aber hatte sie doch einen Ton von falscher Verbrüderung bei mir herausgehört, als ich ihr sagte, daß ich sie seit Wochen so ohne Gesellschaft, so vertieft in ihr Buch dort an der Wand sitzen sähe. Denn als ich mir ein Herz faßte und sie fragte, ob sie vielleicht auch Schriftstellerin sei, ob sie auch an einem umfangreichen Text arbeite, auch dieses Lokal aufsuche, weil es eine ungestörte Pause zwischen Tages- und Nachtarbeit erlaube – da wandte sie sich zum Gehen und sagte, spöttisch über die Schulter, schon im Hinausgehen: Schreiben? Was ist das? Wer ist es, der von Schreiben spricht? Aber sehen Sie selbst – und öffnete die Hand und lachte und warf mir das zerknüllte Papierbällchen ins Gesicht.

Carrefour Frochot

broten und zoten die Ähren stehen im Wein in Kelchen Schalen Monstranzen die Götter kommen in Pelzmänteln Carrefour Frochot ein Tourist mit Rucksack fragt Venus im offenen Pelz an der Ecke nach dem Weg Weiser Schild rote Feder gelbe Raute *Presse* verkauft sich hier unterhalb Place Pigalle wie rosa Kamelien Himbeerbüstenhalter eine Reise nach Luxor oder ein Steh-Kaffee an der Theke des neueröffneten Bistro Frochot in der Privatstraße ansteigend Bäume Kopfsteinpflaster Allee von italianisierenden Villen hinter dem Tor wohnte ein Jean Renoir berühmt für seine Reflexe auf Wasser (Zelluloid, nicht Leinwand) Rekonstruktionen Père et Fils von Natur Wasser Blätter und Schatten ich vergaß zu sagen die Venus stand an der Ecke unter dem grünen Kreuz der Apotheke doch Hinweise auf Geschlechtskrankheiten und ihre pharmazeutische Behandlung wären der falsche Wink mit dem Zaunpfahl bleiben wir bei der roten Feder auf dem *Presse* Schild Emblem Schreibfeder und subtiles Aphrodisiakum der Tortur wer streicht mit der Feder über den Rücken der Straße geht hochhackig am Sonntagnachmittag in den Wasserspiegeln der Straße Frochot seh ich die Türme der heiligen Stadt der Drei Könige Dom geschwärzt Brücken über dem Fluß immer noch wilhelminisches Eisen TGV Paris–Köln entführte mir den Geliebten (kein Sänger kein *gar* keine Venus) des Sonntags denk ich an Henri Heine die Rue des Martyrs ohne Matratzengruft Frühlingsnarzissen gleich um die Ecke ob auch die Götter abends Kartoffeln kochen Kölsche Kartoffelverhältnisse – Puffer und Zoten stehen goldene Ähren im Wein Säulen kräftige Schenkel in Leder Stiefeln bis über die Knie eine Schärpe von knallroter Seide über dem Hintern dem Bauch Götter seid längst vertrieben aus dieser Stadt unbezahlbar das Glück die Minuten im Stundenhotel 80 FF der Patron wischt auf der Terrasse die Tische Regentropfen verschütteter Tee Straße Strich Kunst Alltag alles auf einem Fleck nachts schlagen auch Ähren hier Wurzeln in Wasserspiegeln Weinkelchen die rote Feder wird ausgeschaltet um zehn

Tagarbeiter

Häufig kommen sie von den Küstenstreifen Nordafrikas. Sie tragen Schirmkappen, grüne Overalls mit weißen Gürteln und dem Emblem der Propreté de Paris. Sie sind die am meisten *Anwesenden,* da sie auf der Straße arbeiten. Sie haben Besen, die wie altmodische Reisigbesen aussehen, aber die langen, dünnen Zweige des Kehrbündels sind aus Kunststoff. Ein breites Plastikband schlingt sich um das Zweigbündel an der Stelle, an der es am Stiel befestigt ist. Je nach Arrondissement leuchtet es rot oder weiß. Als zweites Instrument besitzen sie einen Schlüssel. Mit ihm schließen sie einen am Ende der Straße in das Pflaster eingelassenen Metalldeckel auf, unter dem sich ein Wasserkran befindet, und jeden Tag fließen frische Wasserbäche leise sprudelnd den Rinnstein hinab und schwemmen kleinere Abfälle fort. Manchmal haben sie schmale zweirädrige Karren mit Eimern oder Beuteln für den Abfall – totes Laub, Obstschalen, Bierdosen, abgefahrene Métrofahrscheine. Manchmal sieht man sie zu dritt eine Straße überqueren, mit einem breiten, bedächtigen Schritt, der an weite Tuniken und weichen Boden gewöhnt scheint. Der Karren in der Mitte, und die Besen ragen rechts und links wie Lanzen in die Luft. Sie sind immer in Gruppen, auch wenn man sie allein eine Straße herunterkommen sieht, Zigarettenkippen zusammenkehrend, pfeifend, auf den Boden blickend, nicht in die Luft. Kehren scheint eine kontemplative Tätigkeit. Aber an einer der nächsten Ecken taucht plötzlich ein anderer auf, an einer anderen Ecke ein weiterer, sie rufen sich ein paar Worte in einem unverständlichen Französisch oder den gutturalen Lauten ihres heimatlichen Dialekts zu, verschwinden, tauchen an anderer Stelle wieder auf. Man sieht, hier ist ein Gruppennetz über ein Stadtviertel gezogen, eine verteilte Kolonne, unsichtbar geworden im Sichtbaren, im gewohnten Anblick ihrer Anwesenheit im Straßenbild. Das unterscheidet sie von einem Berufsstand von Nachtarbeitern, der heute ausgestorben ist und der das Paris der dreißiger Jahre näher ans Mittelalter rückte als an das der Nachkriegsepoche: dem der Grubenausheber. Unsichtbar für die Augen der schlafenden Bewohner rollten sie in der Nacht mit Pferdewagen, auf denen sich Pumpen und kesselartige Behälter befanden, durch die Straßen und hoben, bis zu den Augen in Gummikleidung eingewickelt, die Gruben unter den Häusern aus. Die Straßenkehrer arbeiten über Tage, im Licht der Aufklärung, in einer immer hygienischer werdenden Stadt, in der selbst die alten Wahrzeichen von Paris, die noch von Henry Miller besungenen Pissoirhäuser, abgerissen worden sind, um den klassischen Treffpunkt der Schwulen aus dem Stadtplan zu löschen.

Straßenkehrer sind die *Schwarzen Engel von Paris*. Sie wundern sich über diese Worte? *Schwarz*, das hier steht, weil ich, wie Cornell Woolrich, eine Vorliebe für *Die*

Farbe Schwarz habe? *Engel,* das hier steht als Rückfall in die Metaphysik oder Anspielung auf ein Genre des amerikanischen Musicals? Doch wenn ich statt Engel *Affe, Kaninchen* oder *Löwe* sage, denkt niemand an die einstige metaphysische Bedeutung dieser Worte, die sie noch, zum Beispiel, auf den mittelalterlichen Wandteppichen wie dem der *Dame mit dem Einhorn* besaßen. Auch *Engel* sind in ihren säkularisierten Bedeutungsbereich hinabgestiegen und sind einfach: Begleitfiguren.

An einem kühlen, regnerischen Tag im Juli stieg ich an der Métrostation Charonne im 11. Arrondissement aus, in der Hand eine Plastiktüte, in der sich ein Schuhkarton ohne Deckel mit zwei aus Ton modellierten Schuhen befand. Es war die Arbeit eines Bildhauers, die ich bei einem anderen, der in einer Garage in der Nähe der Bastille eine Ausstellung vorbereitete, abgeben sollte. Ich hatte einen Zettel mit einer Adresse in der Rue Jules Vallès in die Hand gedrückt bekommen. Vor dem Haus angekommen, entzifferte ich in einem dunklen Toreingang, in dem unterschiedlichste Briefkästen wie Vogelnester an der Wand hingen, die Namen der Hausbewohner. Ich stellte fest, daß sich hier das Atelier des Bildhauers befand, der Ausgangspunkt und nicht der Zielort. Auf der Rückseite des Zettels entdeckte ich eine zweite Anschrift auf dem Boulevard Beaumarchais, und in der Hoffnung, daß dies die richtige Adresse sei, breitete ich meinen Stadtplan auf dem Kühler eines am Bordstein parkenden Autos aus und legte die Tüte mit dem Schuhkarton daneben. Gerade setzte wieder ein feiner Nieselregen ein, aber ich hoffte, die Plastiktüte würde die Schuhe vor dem Aufweichen bewahren. Der eine erinnerte mich an ein ähnliches Exemplar auf einem Bild von van Gogh, es war ein grober Halbstiefel – obwohl aus Ton, hatten die Schuhe nichts von den tönernen Schuhen, geflügelten Füßen eines Hermes, sondern eine poröse Erdenschwere in rötlichem Ton –, in der Mitte auseinanderklaffend, mit heraushängender, umgeklappter Zunge und gewellten, eingebogenen Seitenteilen. Ich fand mich in dem Straßengewirr nicht zurecht, ich blickte auf, die Straße war leer, ich beugte mich wieder über den Plan. Zwischen den Autorädern am Bordstein floß plötzlich ein sprudelndes Rinnsal. Jemand hatte sich mir genähert, mich umkreist, hatte versucht, einen Blick über meine Schulter zu werfen, und gewartet, bis ich wieder aufblickte.

– Der schnellste Weg zum Boulevard Beaumarchais? fragte ich. Es war ein Straßenkehrer, ein Araber, klein, mager, mit gelblicher Haut, schwarzen Zähnen und demütig freundlichem Gesichtsausdruck, von dem ich nicht wußte, ob er naiv oder aufgesetzt, ob Offenheit oder Schutzreflex eines Unterdrückten war. Wie der Boulevard Beaumarchais zu erreichen war, wußte er anscheinend ganz genau. Darüber hinaus schien er über seine Zeit frei verfügen zu können und, als sei er stets bereit, seine Arbeit zu unterbrechen, ob in einem Wüstenzelt oder in einem Café in der Rue de Saintonge, oder wegen einer kleinen Führung durch das Gewirr der engverflochtenen Straßen, bot er mir an, mir den Weg zu zeigen. Auf den nächsten anderthalb Straßen erzählte er mir seine Leidensgeschichte, die er jedoch so gebetsmühlenhaft herunterleierte, als sei sie durch die Wiederholung längst stumpf geworden. Überdies hatte unsere Verständigung nicht nur wegen meines schlechten und seines stark gefärbten Französisch mit Schwierigkeiten zu kämpfen, da die Rue de Charonne, in die wir eingebogen waren, vom Lärm der Preßluftbohrer, Hacken und Schaufeln erschüttert wurde, mit denen die Straße aufgerissen und entlang der rechten Fahrspur in einen offenen Bautunnel verwandelt worden war. Er wohne seit achtzehn Jahren in Frankreich, in Paris, nein, in einem Hochhaus am Stadtrand, verbesserte er sich, Paris sei zu teuer, eine gnadenlose Kolonialgesellschaft, die Leute wie ihn aus ihren billigen Wohnungen um den Boulevard Barbès immer mehr an den Stadtrand dränge, an den Rand überhaupt; wie die abgeworfene Haut eines Reptils, dachte ich, die sich am Rand der Stadt, als ein Stadtrandring, ausgetrocknet und porös, gegen den Horizont türmt, umlagern die Einwanderer Paris. Ab und zu unterbrach er sein Klagelied und blickte über die Schulter zurück, denn der Brettersteg über dem Tunnel war so schmal, daß wir nur hintereinander gehen konnten. Wenn mein prompt gemurmeltes: Das ist hart, oder: Ich verstehe, bis an seine Ohren gedrungen war, lächelte er dankbar, den Besen wie einen Wanderstab zwischen den Ritzen des Brettes aufsetzend. Achtzehn Jahre lebe er hier, und jetzt wurde er philosophisch, die angeblichen Segnungen der westlichen Zivilisation seien ein Irrlauf; und er entwickelte, schwarzzahnig (was ich aber nicht sah, sondern nur das trocken und steif sich kräuselnde Haar über seinem Overall) und in einem Singsang vor sich hin brabbelnd, das Bild der Wüste. Ich verstand kein einziges Wort, weil sich im Singsang seine Stimmlage verändert hatte, eine fast nur aus Rachen- und Zungenlauten zusammengesetzte hohe Tonlage, aber ich hörte, es war ein wahrer *Gesang der Wüste,* hier auf dem Pflaster der Rue de Charonne, die plötzlich in die penetrante Nähe eines mythischen Flusses rückte, weil der Name des übersetzenden Fährmanns ähnlich lautete. Es ging aber ins Östliche, ins Morgenländische, und also in umgekehrte Richtung. Da wechselte mein Führer wieder die Stimmlage und sagte, jeden Tag male er sich seine Rückkehr aus, und jeden Tag sei er geblieben. Wohin, wollte ich fragen, und der staubigen und nach Grubengas riechenden Straße setzte sich sogleich das Gegenbild entgegen, das Bild einer lehmgeklopften Straße in einem Dorf in der Nähe von Tanger, mit weißen Mauern und dunklen Durchgängen und Häusern mit winzigen Fenstern, Höhlenhäusern, die vor der Sonne schützen, und ehemalige Straßenkehrer, die in einem dämmrigen Zimmer um einen niedrigen Tisch sitzen und mit Drogen vermischte Kuchen essen. Inzwischen aber dämmerte mir, daß mein Begleiter den Weg keineswegs so genau kannte, wie er behauptet hatte, denn er war willkürlich in eine der nächsten Querstraßen eingebogen, die ich in genau entgegengesetzter Richtung auf dem Stadtplan verzeichnet gesehen hatte.

Für Umwege war ich an jenem Tag nicht zu haben, selbst wenn es sich um einen schwarzes Gummi kauenden Erzengel gehandelt hätte, so daß ich, ungewohnt im Umgang mit dem Außergewöhnlichen im Alltäglichen, um die Türen meines, allerdings aus der philosophischen

Pariser Theorie längst entlassenen Ich zu öffnen, beschloß, auf eigene Faust weiterzusuchen. Nach mehrmaligem Fragen hatte ich ihn so weit, daß er erwog, der Sicherheit halber um Auskunft zu fragen, und dies tatsächlich nach weiteren zwei Minuten in die Tat umsetzte, indem er in einem Café verschwand. Ich wartete unschlüssig an der Ecke, die tönernen Schuhe als zerbrechliches Symbol dieses Umwegs von einer Hand in die andere wechselnd. Mein ungeflügelter Führer ließ auf sich warten, vermutlich gehörte zu seinem Zeitgefühl, zwischendurch einen Ricard zu trinken, vielleicht war er ins Gequatsche mit dem Kellner geraten, vielleicht wartete er darauf, daß ich ihm Gesellschaft leistete. Die Minuten verstrichen, und ich wechselte auf die andere Straßenseite. Immerhin hatte der Nieselregen aufgehört. Die Tür öffnete sich, und er erschien, sich suchend nach mir umsehend, winkend und mit heftigen Gesten seines Besens in die ausgekundschaftete Richtung zeigend. Dann setzte er sich in Bewegung, um die Straße zu überqueren. Ich aber nickte, winkte abwehrend und rannte davon.

Zwei Straßen später ging ich langsamer, verlaufen hatte ich mich ohnehin. Verdammt, dachte ich, und ich sah die Verwunderung auf seinem Gesicht bei meinem Verschwinden, warum habe ich ihm nicht einen Ricard ausgegeben?

Place Gambetta

An der Porte des Lilas kreuzen sich – Endstation – Rue de Belleville und Avenue Gambetta. Nach Westen kriecht die Straße den Berg hinunter, Vorstadthäuser, kleine Lädchen, Geranienpötte in den Fenstern, am Horizont Wohnhochhäuser, Mietskasernen der Pariser 60er Jahre, am Rand der Stadt in kleinen Höfen Handwerksidyllen, in den Fernen Betonbrutalismen, und Jacques Prévert singt von der Zeit, als an der Porte des Lilas noch Flieder wuchs und Schafe weideten, Weideland, das verschwand, als die Route Périphérique gebaut wurde, die Antiken, die Pastoralen der Stadt sind erst seit zwanzig, seit dreißig Jahren verschwunden. Ein Übersetzer erzählte es mir, dessen Erinnerungen an der Métrostation Télégraphe beginnen, das Haus seiner Frau steht noch heute in Belleville – Nr. 254? 264? – eingeklemmt zwischen Hochhäusern, ein Relikt für amerikanische Fotografen von Stadtkuriositäten. Monstrositäten – an der Porte des Lilas gibt es zwei Cafés, eine Métrostation, einen Square und die Endstation der Buslinie 96, die über République ans linke Ufer führt. Porte des Lilas – ein weiter Platz, Meerhimmel hängt darüber, eilige Wolken, Fliederdolden, der Boulevard Périphérique ist gesäumt von Kasernen, die Avenue

Gambetta zieht sich nach Süden den Hügel hinunter, schattig breit, eine dichte Lindenallee führt in die Tiefe. In der Schule finden am Sonntag die Wahlen statt, Europaparlament, und unter den Bäumen, auf den Eisengittern, die den Stamm wie einen Spitzenkragen umgeben, stehen Schilder, Pappwände, Wahlplakate. Der Square liegt noch leer, in der Zwölf-Uhr-Sonne treffen sich Amseln, die Busse stehen wartend in einer Reihe, und die *piscine* zeigt einen steril gekachelten Vorhof mit breiten Treppen und abgestelltem Springbrunnen, hier gehen die Schauspieler schwimmen und klatschen, die *Onkel Wanja* von Tschechow einstudieren im Experimentaltheater des Ostens, *Théâtre tep*, mit dem Lichterbogen aus Glühbirnen über dem Eingang, ein Kinopalast-Eingang, ein Las-Vegas-Spielhöllen-Eingang, und ich hörte neulich, das Theater, die Avantgarde-Experimentalbühne, sei längst eines der wenigen staatlichen. Kleine Straßen nach rechts und links, Pariser 20er Jahre aus gelblichem, grauem Ziegelstein, Art Déco mit weiß verputzten Säulenprofilen, dazwischen die alten Idyllen, Häuschen mit winzigen Höfen und Kätzchen und Vogelbauern und Blumentöpfen. Kunsthandwerk, Handwerk, so heißt es, sei die Domäne der Stadtteile Belleville und Ménilmontant gewesen, und in der Librairie liegt neben der Taschenbuchausgabe von Prousts *Recherche* (Juni 99) ein Band mit Fotos von Willy Ronis, Belleville-Ménilmontant Ende der 40er, Anfang der 50er Jahre, Schwarzweißfotos mit der düsteren Treppenromantik der Kleineleuteviertel, denn nur der Laie vergißt, daß Montmartre mit seinen Treppenlaternen nicht der einzige Hügel des auf Hügeln gebauten Paris ist.

Saint-Fargeau – der Name reimt sich auf Grécos Chanson von der *Rue des Blancs Manteaux*, wir erfanden zahlreiche Variationen rund um den Métro-Pavillon, den Zeitungskiosk und die Straße, die nach Westen zur Rue des Pyrénées führt, auf der es noch vor kurzem ein Arbeiter-Mietskasernen-Areal gab, zwischen Rue Saint-Fargeau & Rue Villiers de l'Isle-Adam, kein Fremder traute sich in diese Höfe, wo die Jungen bei Tag Fußball spielten, mal auch mit der Fahrradkette aufeinander losgingen, wo nachts in fahl beleuchteten Treppenaufgängen Drogen gehandelt wurden, tags versteckten die sich vielleicht auch unter den Plumeaus von Kinderwagen schwarzer Babys, rollten durch diese Höfe mit Treppenaufgängen A, B, C usw., mit Arbeiter-Siedlungs-, düsterer schwarzgebackener Ziegelstein-Architektur, Wäsche vor dem Küchenfenster im 9. Stock über dem Abgrund, der schwarze Pförtner befestigt im Glaskasten einen Anschlag: Polizeistreife alle zwei Stunden, jede Nacht, und in der Impasse mit dem großen Namen Villiers de l'Isle-Adam parken Motorräder-Wracks, Schrott, öfter ausgebrannte Auto-Ruinen, schönes Motiv für Fotokünstler, denen Großstadtästhetik nicht schrill, nicht kaputt, nicht gewalttätig genug sein kann, Schockmomente, in Blech, in Benzinlachen-Farben, leere Augen, Höhlen von Scheinwerfern, Verbranntes, Verbeultes, Verbogenes – Gewalt gegen Sachen, welche Untergrundbande trieb hier ihr unpolitisches Unwesen, sicher eine rechte Organisation, keine Rote Armee, denn die Bewohner dieser Résidence sind sogenannte Unterprivilegierte, auch wenn sie keine Vorstadt-Immigranten sind. Heute hat man den Kiez zerschlagen – wie Haussmann als Präfekt die winkligen Gassen des alten Paris zerstörte, um dem Volk sein Labyrinth der Barrikaden & Fluchtwege zu nehmen –, die Höfe, Kriegsschauplätze, sind weg, die Häuser freistehend, unverbunden, und eine neue kleine Straße der Stadtsäuberung ist dort angelegt und zeigt den neuen Reichtum der Anwohner: Bis auf den letzten Millimeter steht sie voll parkender Autos, und Ronis sagte vor Jahren schon, die Paris-Fotografie sei zu Ende, das Blech verstelle den Blick, überall, den Blick auf spielende Kinder, Conciergelogen, eine Katze im Hauseingang.

Zwischen Theaterramschläden mit paradiesischen Secondhand-Umhängen, Turbanen und Seidenbeuteln, Fotografien von Schauspielern, die keiner kennt, zwischen Pferdefleischläden *chevalines* und Parfümerien, in denen Isabella Rosselini ihr Gesicht für *Trésor* ausstellt, zwischen Friseuren und Staubsaugerläden liegt, von einer Mannschaft Privatpolizisten bewacht, das Prisunic, wo man neben Massenware elegante Ballonmützen im Stil Jeanne Moreaus in *Jules und Jim* kaufen kann. Der Blumenmarkt unter der Markise weckt trotz billiger Preise Assoziationen an Nizza, Rosenbäumchen und Hibiskus stehen im Kübel da, Oleander und Lorbeer.

In der Rue Pelleport wütet der Schaufelbagger, zwischen den stehengebliebenen Häusern öffnen sich große Krater, ich durchforschte sie einst auf der Suche nach alten Türen, Objekte eigener Stadtbilder, wie denn Belleville mir als Schülerin von Atget noch einmal die *Dinge* nahelegte als ein Sujet der Großstadtfotografie, *les choses:* Tür, Fenster, Garagentor, Rohre (nicht Straßenszenen:

Küsse, Paare, Cafégesellschaften, spielende Kinder und allerlei Kurioses), *les choses,* keine Ontologien, vielleicht nicht einmal *Dingwelten* im Sinne Walter Benjamins, vielleicht das bald *Verschollene,* doch Archivar der verschwundenen Großstadt-Epochen wollte ich auch nicht werden, eher lenkte die Auswahl den Blick, die Obsession für die Dinge, die im Foto-Ausschnitt aus der Umgebung gelöst sind. Flohmarkt-Dinge? Ofenrohre, Rohre, Bidets, Waschbecken, Türknäufe, Klingeln? Kuriositätenkabinette wollte ich auch nicht sammeln, das hatten Giacometti und Breton schon getan – dann also die simple Aufnahme eines Innenhofs, eines Toreingangs, die vertraut auf die Wirkung, ohne Programm einer Stadtgrabung. Rue Pelleport – die braune Tür, die sich in einen engen Hausflur öffnet, neben der gewundenen Treppe, armseliger Armutsaufgang, stehen zwei froschgrüne Mülleimer, ich erinnere mich, daß dieses bunte Sujet meine Ästhetik des Monochromen in der Farbfotografie störte, ich fand einen Winkel, der sie ausblendete, auch wenn ich (als Nicht-Dokumentar-Fotograf) die Dinge realistisch an ihrem Ort belasse und auf die phantastische Wirkung wie auf einen Sprengsatz im Kopf des Betrachters vertraue – dem Kenner solcher Stadtpoesien vertrautes *sürrealistisches* Vokabular. Rue Pelleport – die kleine Bar ist noch da, an deren Theke zwei Männer standen und meine Arbeit, einhändig, in der anderen Hand hielt ich die Leine des Hundes, der ausgeführt wurde, beobachteten, kommentierten und mit einem Glas Ricard belohnten. Im Café an der Kreuzung zur Avenue Gambetta, immer noch unter Ahorn- und Lindenschatten, war ein verrückter Schäferhund, nachts allein eingesperrt, Wachhund, war er verrückt geworden, bellte hysterisch jeden Passanten durchs Glas an und sprang einmal, tollwütig, amoklaufend, direkt durchs Glas, um sich auf einen kleinen Köter zu stürzen, dessen Freiheit ihn provoziert hatte.

Rue Orfila, Rue de la Chine, Rue du Cambodge – kleines Straßengewirr, gegen Mittag schenkt es den Schatten, die Ruhe, die die von polternden Lastwagen durchfurchten Avenuen am Tag kaum bieten, kleines Straßengewirr, nach Zement riechend, nach Aide Sociale, nach Wachstuch, und ab und an sieht man ein Fenster ohne Gardine, die Gegend wird langsam schick für unvermögende Intellektuelle, man sieht Bücher und Schallplatten, aber so Schickeria-schick wie die Bastille, wo Journalisten Lofts kaufen von 250 qm, ist es noch nicht – hierher verirrt sich noch der Universitätsassistent und der Austauschlehrer. Doch das Mary Hôtel mit Blick auf die Avenue und Eingang zur Rue Orfila, ein schmales, zweifenstriges Haus, wird auch ihm langsam zu muffig. Der Geruch, sagt er, man kriegt ihn nicht aus der Nase, den Muff, den Mief. Existentielle Schatten – Straßen, verspätet, im Übergang, die alten Chansons werden nur in den düsteren Parterrewohnungen von den Alten gespielt. Mißverständliche Nostalgien. Für uns gehören die Ménilmontant-Lieder zur Stadt wie die Fotos von Ronis oder die Lieder von heute – Patricia Kaas, vor zehn Jahren zum Beispiel. Auch die kleinen Leute, die Epoche, in der Garagenbesitzer und Bäcker und Kellner zu Mythenfiguren französischer Filme und Bücher wurden. Mißverständliche Nostalgien? Die Werkstatt, das Motorrad, die Theke des kleinen Cafés an der Ecke, *Au bon coin,* mit seinen Stammkunden, Schirmmützen-Männern, Hausfrauen mit kleinen Pudeln & Einkaufswagen, Liebespärchen – das alles gibt es, und liest man Mac Orlan über Ronis, spricht er über die *Relativität der Zeit.* Gambetta, Paris, *hélas* – ihr verändert euch, in der Rue Orfila entstehen neue Gebäude, im postmodernen Stil, keine Wohngefängnisse mehr, Selbstmörderkasernen, doch dem Ideologiekritiker vielleicht zu postmodern elegant. Neue mythische Orte, neue Pariser Mythenfiguren zu schaffen, klingt wie der zehnte Aufguß, Abklatsch der zum Stillstand gekommenen, verurteilten Paris-Literatur. Vielleicht entdecken wir in diesem farbigen Viertel die Araber mit ihren *épiceries* als neues, exotisch gefärbtes Material. Auch die Concierges sind heute portugiesisch und die Straßenkehrer ohnehin meistens schwarz. Oder doch – noch einmal zurück zum Kleinbürger-Helden, auch wenn es *bal musette,* Messerstechereien und Rivalitäten um Simone Signoret (*Goldhelm* spielt in Belleville) nicht mehr gibt. Oder doch – zurück zum Stuhlmacher, Korbflechter, der, aus der billigen Vorstadt angereist, samstags und mittwochs seine Musterstücke auf der Straße ausstellt? Oder doch – die Rollschuhfahrer und Rap-Straßentänzer, *the young hero of the banlieue,* wo der Zeitgeist, scheinbar, tickt, politische Unruhen, urbanistische Fehlplanungen, Jugendrevolten, Straßenkämpfe, Alkohol, Arbeitslosigkeit, ein schöner Kessel mit kochenden Motiven für Zeitgeistjäger.

In der Rue des Gâtines – im selben Haus, Erdgeschoß, ein alter Uhrmacherladen und ein Bilderrahmer. Die Rahmen kauft er schon fertig, der alte Herr mit gepunkteter

Fliege, der sein Geschäft hier seit sechzig Jahren betreibt, im Dutzend billiger, die Rahmen, dann schneidet er sie für die Bilder der Kunden zurecht. Ab und zu stellt er Bilder aus, Quartierbilder in einem neorealistischen Stil, die Bilder zurückdatiert auf die 30er Jahre, so wirkt der Stil weniger epigonal, und der Käufer, der eine *authentische* Rue de Retraite, Rue Bidassoa erwirbt, glaubt eine Trouvaille zu machen, einen unbekannten Künstler der 30er, 50er Jahre zu entdecken, die inzwischen für Kenner mythisch gewordenen Brandmauern der Rue du Cambodge mit ihren Dubonnet-Reklameschriften in blauem Pastell hängen an den Wänden der neuen Sammler.

Straßenmarkt, Feste der Sinne, zweimal pro Woche, schon tags zuvor wird die Bühne aufgebaut mit Stangen, Markisen für die Verkaufsstände. Am Ende des Mittags ein Chaos von Abfall und Obstkisten. Markt – Kirche, Hospital, Polizei und Square. Alles liegt drumherum. Die Kranken im Hôpital Tenon hören die Schreie der Händler, riechen die eingelegten Oliven, und welch andere Düfte wehen sonst noch in ihre Zimmer? Würste aus Toulouse, Käse aus den Pyrenäen, Rosen von der Île de France, Geflügel aus der Normandie...

Und das Geklapper von Hausrat, Töpfen, Bestecken, irdenem Geschirr? So gewöhnlich feilscht man hier unter Markisen zwischen Rue Belgrand und der Avenue Gambetta, die hier eine Klasse gehobener auftritt als an der Porte des Lilas, mittleres Bürgertum, Psychiater, Französischlehrer wohnen in prächtigen roten Backsteingebäuden, die an Süden, Toulouse erinnern, ausladende Markisen schützen sie vor der Sonne, wo die Allee vor dem Fenster keinen Schatten mehr bietet. Es gibt mehrere *pompes funèbres* auf einer Ecke, offenbar stirbt es sich leicht hier im Schatten des Hospitals. Auch ist der Père Lachaise um die Ecke, eine kurze Prachtstraße führt auf das Tor zu, hinter dem Apollinaire und Wilde liegen, berühmtester Friedhof von Paris, die Allee läßt ein Château erwarten, doch die Toten bewohnen nur Grabmale aus Stein, liegen ganz ohne schwarzen Totenkult da, ohne Düsternis, auch wenn eine junge Studentin mir neulich sagte, man habe dort Spuren gefunden von Schwarzen Messen, eine neue Jugend mit einem alten Kult, die Toten liegen eingeteilt in Karrees, Divisionen genannt, und die Lebenden wohnen direkt an der Friedhofsmauer, hier Rue des Rondeaux, die schmalen Balkone erfreuen sich alter Bäume im Friedhofsgebiet, und die Mauer, die Toten sind gut beschützt, tragen einen Aufsatz aus Stacheldraht.

Dann der Platz – mit Mairie, mit Métro, mit drei Cafés, einem Burger King, Bankhäusern: Credit Lyonnais, Société Générale, BNP, und dem ununterbrochenen Lärm eines Platzes, der, zwischen zwei Portes gelegen, Lilas, Bagnolet, sechs Straßenmündungen aufnimmt. Morgens um sechs krachen Transporter und Laster über ihn weg, wenn die Ampeln noch auf Durchfahrt gestellt sind und die Cafés noch geschlossen. Die Cafés haben bis zwei Uhr auf, Nachtschwärmer, späte Besucher des Théâtre de la Colline sitzen hier ihre letzten Calvados ab, ein Abend-, ein Nacht-, ein Tages-Platz, ununterbrochen im Rausch, im Rauschen des Lärms, der Stimmen, des Wassers, das keiner hört, der Brunnen, ein großer runder in der Mitte des Platzes, Architektur aus Glasscherben, großen Glasflügeln, Duchamps *Großes Glas* in hundert Fragmenten, Wasserstrahlen im Bogen, im festlichen Licht unter dem weiten Platzhimmel, Platzregen, Sommerlicht, Winterlicht, im Bogen von außen nach innen – er wurde, kurz vor dem 14. Juli, vor einigen Jahren eingeweiht, ein dunkler, regenblauer, tiefhängender Sommerabendhimmel, der Platz wurde abgesperrt, und das Fußvolk erging sich zur Feier des Brunnens, die Regentropfen, der Sommerabendregen, der die Platanen schüttelte auf der Rue des Pyrénées, vertrieb den einen, den andern in eins der Cafés, wo das Ereignis durchs Fenster weiter bestaunt wurde. Er steht noch, der Brunnen, mit seinem Wasser-Feuer-Sprühwerk, kein Laster rammte ihn in den wenigen Jahren, von seiner Mitte sieht man, den Hügel hinab, in die Stadt zur Bastille, die schleifte man hundert Jahre zuvor, vor Gambettas Flug im Ballon, um den Linien der Preußen zu entkommen, der Umzingelung von Paris, und die Mairie ist flankiert von zwei riesigen Lorbeerbäumen in Kübeln, die Achse führt gerade über den Brunnen, zum Père Lachaise.

Schnappschuß oder Standfoto

... aber geht diese Uhr richtig?
R. D. Brinkmann

La Chambre Claire – ein berühmtes Geschäft in der Rue Saint Sulpice, in dem man Klassiker und Avantgarde der Fotografie kaufen kann. Wir blättern in einem Band mit Photos von Doisneau. *Baiser de L'Hôtel de Ville:* so verwischt sind die Konturen der Passanten, daß keiner sich fragt, ob das sich im Laufen küssende Paar inszeniert ist. Ein Schnappschuß. Ich dachte an den theoretischen Gegenpol: Fotografie sei inszenierte Wirklichkeit. Das hatte vor Jahren ein anderer Fotograf doziert, Willy Fleckhaus, an einer berühmten Hochschule in Deutschland. Doisneau wirkt mit seinen Straßenszenen (keine Arrangements, keine Ateliers mit Models, keine Videoclip-Studios) wie ein Meister des Objet trouvé, wobei der Schnappschuß auch aus Kindern oder Fußbällen, aus Hunden, Flohmarkt-Aktbildern, geilen Rentnern und Brautkleidern Objets trouvés macht. Nein, sagte der Fotograf (mein Begleiter im Chambre Claire): Dieses Foto ist kein Schnappschuß, es ist gestellt, du siehst es am Winkel. Das Bild ist aus dem Inneren eines (Trödel)Ladens aufgenommen, vor dem Schaufenster steht ein älteres (bourgeois, petit-bourgeois) Paar und betrachtet die Auslagen. Während der Blick der Frau an versilberten Zukkerstreuern und Salzfässern hängt, geht der des Mannes verstohlen zur Seite: An der Wand hängt ein Akt (Bild), eine Frau in langen schwarzen Strümpfen, von hinten, leicht auf eine Konsole gestützt, man sieht den weißen Hintern, den langen gebeugten Rücken, das Haar. Schwarze Strümpfe, weiße Haut, der diskrete geile Blick *de mon désir,* und die Ehefrau daneben, im Kopftuch mit Zipfeln.

Also gestellt, sagt der Fachmann. Auch Standfotos sind *gestellt.* Im ersten Fall ist es die »Realität«, die gestellt ist, im Schnappschuß, der Witz, der Gag ist geplantes Spiel, Effekt, der beiläufig wirken soll, Comédie humaine als Zufall. Im Standfoto steht die Zeit scheinbar still, Stillstand in der Bewegung, wie im Dornröschen-Bild, stillgestellt die Zeit für einen Augenblick der Ewigkeit. Standfoto als Metapher des Stillstands. Beide Fotos arbeiten mit dem Zufall. Der Fotograf als Jäger und als Uhrmacher, der hält das Ührchen an, wenn das Bild eintrifft, auf das er wartet, er stellt das Bild, auf das er wartet, der Jäger schnappt und schießt, Jagdhund und Jäger in einem, er stellt das Wild, auf das er wartet. Der *Zufall,* das ästhetische Prinzip der Moderne schlechthin, ist gelenkt, gelinkt, gefälscht, existiert nur noch für die Rezipienten. Wer's weiß, fühlt sich betrogen. Wer organisiert, malt Stilleben per Foto, keine Schnappschüsse. Dem Künstler ist die Täuschung recht – hält er doch nichts vom Authentizitätswahn in der Kunst, um mit Wilde zu sprechen: vom *Verfall der Lüge.* Illusionsverblendet lassen sich die realitätssüchtigen Betrachter täuschen. Bei Doisneau – ist's legitim. Er ist kein Reporter, kein Berichterstatter, kein Dokumentarist. Die Idee von der *Wahrheit* des Dokumentarfotos stammt aus der Illusion von der technischen Möglichkeit authentischer Aufzeichnung, Speicherung von Wirklichkeit. Kein Wunder, daß Tonbandaufnahmen, Fotos, Videokassetten bei Gericht als Indiz nur bedingt zugelassen sind. In dem Fall sind Juristen aufgeklärter als Psychologen und Künstler. Dennoch verfallen wir alle immer wieder dem Fetisch Wahrheit – betrachten Fotos vom Elend der Dritten Welt, aus dem Krieg (dem letzten: Bosnien, Kosovo) noch nicht als historisches Material wie die Fotos von Robert Capa, noch nicht als ästhetische Form: Wie die Jungen das Tragische im Schnappschuß faßten. Die Bilder, die Glucksmanns Artikel über die algerischen Massaker von 1997 begleiten, zeichnen sich durch *Leere* aus, in dem Fall konnte kein gestellter Schnappschuß helfen, zu sehen ist nicht das Gemetzel, dafür fehlen auch Monsieur Glucksmann die Worte (»das Unaussprechliche«, »das Entsetzliche«), sondern die Verwüstungen, zurückgelassene Ruinen, menschenleere Environments der Kriegsinszenierung (wenn wir denn auch hier an die ubiquitäre Simulation glauben wollen). Der Betrug findet global, aber zunächst provinziell statt. Eine junge Reporterin, die weiß, daß Humanes / allgemein Menschliches mehr zieht als politischer Fakt oder Analyse, braucht Aufträge: stellt Straßenszenen nach mit einem Kollegen, verkauft sie als *Diverses,* und im amerikanischen Reporter-Film nach Billy Wilder steigt die Auflage. Wenn's rauskommt, fühlt sich die Leserschaft betrogen. Dann sind es nicht Bestechungsgelder, die falsche Fotos inszenieren für die Presse, sondern Karrieredruck, und die Reporterin ist die Heldin in einem Arbeitslosen-Schnappschuß.

Bleibt die »Kunst«-Fotografie, auch wenn sie erst mit Patina den Kunstcharakter ansetzt. Bleibt Witz, bleibt Geistesblitz – bleibt immer noch die *Überraschung*. Der Schnappschuß. Bleibt das intellektuelle Spiel – Man Rays gestellter, geschnappter und erwischter Zufall, denn so, wie sie behaupteten, fiel der Zufall auch den Surrealisten nicht in ihre *objets*. Zufällig treffen sich Nähmaschine & Regenschirm nur im Absurden auf einem Seziertisch, nicht in der Realität, die darstellbar zu schnappen wäre. Man Ray: Nagelt das Bügeleisen. Eine Operation, die unsere (das beliebte Wort muß noch einmal fallen) Sehgewohnheiten verletzt. Natürlich hängt das auch mit dem Inhalt: den Nägeln zusammen. Eine mit Blümchen beklebte Bügeleisenfläche wäre wahrscheinlicher, die Applikation des Stoffes wechselte beim Bügeln die Fläche – es wäre witzig, aber nicht verletzend. Der Operation verweigert sich die Dingwelt nicht, dem Zufall setzt sie Trägheitsgesetze entgegen. Der Phantasie sind solche Grenzen der Materie nicht gesetzt. Aragons sprachlich inszenierte Zufälle – denn warum sollten nicht gelbe Taxis durch die Rue Ordener fahren. Die Logik der Materie ist außer Betrieb gesetzt – der arme Künstler plagt sich rum mit ihr, nicht der Autor, auch wenn er kein Metaphysiker ist: Worte sind nicht Dinge. In dem Punkt hat die Sprache mehr Freiheit. Dem Fotografen bleibt die Oberfläche, Punktualität. Dem Fotografen bleibt die (unbewußte) Tiefenschärfe, der Stillstand in der Zeit, die menschenleeren Bilder von Atget. Dem Autor bleibt die Operation Man Rays ohne Beschränkung auf einen Wahrheitsnachweis.

Negativ betrachtet, blieb dem Autor, der diese Freiheit zu Grabe getragen sah, die Inszenierung der Marginalie. Nicht Witz, nicht Geistesblitz, nicht Punktualität, nicht Phänomenalität – es blieb die langweilige Inszenierung der verschwundenen Botschaft. Der große Held der Literatur: Der-Nicht-Mehr-Autor. Vierhundert Seiten über die Monophase des Nicht-Schreiben-Könnens. Autodafés – die Gegner schreien: Erzählen Sie wieder, Herr Literat, der Autor sagt: Die Geschichten sind zu Ende erzählt. Autodafés von Endpunkten der Literatur. Wenn der Schein-Skandal seinen Tiefpunkt erreicht hat, sind sie vergessen. Nicht nur Brinkmann verhöhnt solche Schein-Debatten. Die Schriftsteller schreiben weiter, die Pommes-frites-Buden haben weiter geöffnet, die Hunde bellen weiter, und die Autos verstellen weiter die Städte. Eine Weile war vom Verschwinden des Subjekts, des Autors, von Sinn-Verlust die Rede (dies negativ betrachtet) und (positiv) von Dekonstruktion & Botschaft & wurde tot zerpflückt. Das wußten Künstler auch schon lange: Daß Bügeleisen und Nägel, daß gelbe Taxis, daß philosophische Gespräche über das Naturgefühl in den Buttes-Chaumont nicht die Tiefen der Existenz und des Denkens mit neuen Sinn-Angeboten ausloten wollen. Die Kunst – am Ende? Je nach Saison. Der Autor, am Rand des Kraters, des KZ, Cayrol, Celan, am Rande des Verstummens. Am Rand des Schweigens – eine eigene Ästhetik, von Blanchot, Duras, zum Beispiel. Fotos der Leere? Dies Pathos hat Begleitung. Die Ästhetik vom »Rauschen« in den Bildern, den Texten, vom ununterbrochenen Geräusch, das (durch den Weltgeist) läuft als Zeichen einer *Störung*. Die Störung Signifikat/Signifikant, nach dem der *Bruch* als Element moderner Kunst auch schon bekannt war. Blieb noch als dritter Weg das Plappern. Der Gegenweg. Zu: am Rand des Schweigens. Der Gegenweg zur pathetischen ist die idiotische Reaktion auf die Frage: Ist Kunst auch ohne Fälschung möglich. Gertrude Steins idiotisches, irres, albernes Plappern, ohne Punkt und Komma. Die Fotoserie – ohne Schnitt? Auch diese Bilder, Texte haben Schnitte. Man sieht sie nicht – zurück zum Schnappschuß. Die Hand, erhoben, stehengeblieben in der Luft, die Schweigen gebietet, anhält, was da redet. Die Taktstock ist und Auftakt gibt, die anfängt, was zu hören ist in wenigen Sekunden. Schnappschuß und Standfoto.

Place des Abbesses

Segafredo Aufschrift auf schwarzer Tasse Espresso auf der Untertasse eine rote Papierröhre Zucker kein Würfel fällt ab untern Tisch für den streunenden Hund der Clochards die mit Plastiktüten & Weinflaschen die Bank an der Straße besetzen *Segafredo* Plastiktische und Stühle kein historisches Café das die Place des Abbesses unsterblich macht das METRO Café neben dem Eingang zur Métro beherrschte zwar einige Jahre Jahrzehnte den Platz mit Wandgemälden postimpressionistisch flirrendes Laub Tauben ein Flohmarkt am Sonntag im Hintergrund Sacré Cœur und als Rahmen das grüne Jugendstil-Gestänge Stangen floral gerankt die Schrift auf Glas *Métropolitaine* angeblich eine der letzten Pariser Métrostationen dieses Entwurfs die Tische und Stühle auf schmalem Trottoir kippen fast vom Bordstein hier tranken wir Grog im Winter von '85 frostige Epiphanie der Vergangenheit ein Dezemberplatz leer gegen Abend auf kahlen Platanen die Tauben Laternen Licht Poesie Frost beißt das Fett weg Menschenfett Belagerer kleiner Plätze zum Grog am Fenster zum Platz gibt's Zitrone & Zucker jetzt Juni und neben der Tasse mit *Segafredo* ein winziges Wasserglas immer noch Kopfsteinpflaster holprig fürs Fußvolk der

Wallace-Brunnen mit diesen Grazien plätschert für durstige Hunde die Markise dreht sich ein paar Grad herunter die Elf-Uhr-Sonne brennt älteren Damen schon jetzt zu heiß auf den Kopf auf den Bänken schläft noch ein Vagabund auf anderen sitzen die Armen des Viertels selbst ein Kaffee für 10 Franc ist zu teuer die Unterhaltungen finden kostenlos statt ein Tourist sucht auf dem Stadtplan das Haus von van Gogh Rue Lepic 54 nur fünf Minuten zu Fuß aber welcher Anwohner dieses Platzes weiß wo van Gogh einmal wohnte und Windmühlen malte Straßentheater beschäftigt ihn die Jungen die Fußball spielen in der Papeterie gegenüber sitzt ein Mann den ganzen Tag in einem Rollstuhl und zählt stapelt *Libération* und *Le Monde* vermutlich kehrt er am Abend zurück in die Vorstadt wer aus diesem Quartier wohnt noch hier an dem Platz vermutlich sind Liebhaber schöner lärmender Plätze aus anderen Breiten hier eingezogen der Quadratmeter kostet im Jahr '99 20tausende Franc die geweißten Häuser Balkone sind gut in Schuß renoviert auch das kleine Hotel an der Ecke hält der MONTMARTROBUS auf der Strecke zwischen Pigalle und Jules Joffrin tagtäglich macht er die Runde über Montmartre nur eine kleine Zeile von Häusern schwankt noch und wankt noch unrestauriert wer dort wohnt hat vielleicht den schöneren Blick und die berühmte Kirche die erste die aus Beton besteht ziegelverschalt mit byzantinischen Kacheln steht nebenan St. Jean an diesem Morgen öffnet sie gegen elf ihr Portal blaues Glasfensterlicht Kerzengeflimmer fällt auf den Platz Nächtliches tritt in den Tag einen Augenblick Ruhe noch Platanengeflirr Sommerlicht auf den

Ständern der Papeterie stapeln sich Zeitungen auf dem Trottoir der Krieg im Kosovo ist schon zu Ende an den Nachbartischen liest man noch manche Zeitung von gestern einen Augenblick Ruhe noch dann kommen schon Horden hoch aus dem Untergrund ein Führer erklärt den Platz wo nichts zu erklären ist sichtbar kein Henry IV der angeblich hier sagte daß Paris eine Messe wert sei nur eine Äbtissin die in langen Röcken und Hauben den Platz überquert der Kirchherr kämpft mit den Grünen des Viertels daß der Berg vom Touristenblech mehr verschont bleibe in diesem Sommer der alte Berg erdrückt unter Bussen und Autos und Mofas Montmartre besteigt man zu Fuß auf dem Platz sitzen schon seine Stammgäste keiner glaubt was er sieht morgens um elf eine motorenlärmtonabgedrehte Idylle mit Tauben Clochards einem Brunnen und zeitungslesenden Gästen von *Segafredo* kein Stummfilm mit Michel Simon da läuft ein struppiger Hund über die Straße und das *Bureau de change* öffnet sein schmales Rouleau

Alter Port

Ein Sonntag Anfang Dezember. Wir liegen im Dunkeln. Warum? Herrn B. ist etwas zugestoßen – ein Kurzschluß, beim Anknipsen der Küchenlampe. Aber im Labyrinth der elektrischen Leitungen steckt ein Rätsel: Warum brennen im mittleren Zimmer die Lampen ungestört weiter, warum läßt sich auch in der Küche noch ein einziger Stecker benutzen – wenn sonst alles tot ist? Mit einer Kerze tasten wir uns zum Wandschrank: Im Sicherungskasten scheint nichts verändert. Nur der Hauptschalter hat sich ausgeschaltet. Wir knipsen ihn zurück, von 0 auf 1. Wir ziehen uns an. Handwerker am Wochenende? Wir kramen in einem Stapel von Werbekärtchen, die ab und zu unter der Tür durchgeschoben werden. *Dépannage rapide,* lesen wir, *plomberie, gaz, électricité* – welchen sollen wir anrufen? – Keinen. – Sicherer, wir gehen persönlich in eine Agentur in der Nähe. Ein Mann sitzt allein hinter einem Pult, nimmt unsere Anmeldung auf. Es käme jemand in einer Stunde. Wir hocken in dem einen erleuchteten Zimmer. Wir warten, wir horchen, ob jemand klopft (auch die Klingel funktioniert nicht). Niemand kommt. Wir gehen nochmals zur Agentur. Doch, doch, es sei jemand unterwegs. Wir kaufen eine Taschenlampe. Wir warten. Der Tag verstreicht. Am Nachmittag legen wir uns ins Bett. Morgen suchen wir uns eine andere Werkstatt. Um sieben Uhr fällt mir ein, daß ich jemanden zum Abendessen eingeladen habe, weil er ein Buch über Géricault schreibt, eine Zufallsbekanntschaft aus einem Museum. Ich wähle seine Nummer. Niemand da. Ich spreche auf Band, es täte mir leid, aber – und verschiebe die Einladung. Ich gehe wieder ins Bett, zähle im Halbdunkel die Messingstäbe am Fußende. Um acht Uhr klopft jemand an der Tür. Herr B. springt in seine Hosen. Es ist der Gast, der ins Dunkle stolpert. Herr B., der den Gast nie gesehen und Vorbehalte gegen Zufallsbekanntschaften hat, führt ihn mit der Taschenlampe durch den Flur in das erleuchtete Zimmer. Wie gesagt, eine Zufallsbekanntschaft vor einer Skulptur von Richard Serra. Nebenbei zieht Herr B. die Tür zum Schlafzimmer zu. Gedämpft höre ich, im Dunkeln liegend, ihre Stimmen. Herr B., der die Lage erklärt, meine Abwesenheit entschuldigt, der Gast, der über die Wohnungsnöte der Intellektuellen in Paris spricht. Ein Korken wird aufgezogen. Ich nehme an, sie trinken ein Glas Roten. Nach einer halben Stunde kommt Herr B. ins Schlafzimmer. Der Gast ist weg. Herr B. gibt mir ein Glas – »Probier mal, schmeckt das nicht seltsam?« Der Wein schmeckt faulig. Ich spucke ihn in der Küche ins Waschbecken. »Und das hast du dem Gast angeboten?« – »Ja. Als ich es gemerkt habe, habe ich ihn gefragt, und er hat höflich gesagt: ›Ja, der Wein hat vielleicht einen kleinen Stich.‹«

Nach einer Weile entdecke ich die volle, frisch geöffnete Rotweinflasche neben einer Karaffe, in der sich Rotwein von Weihnachten letzten Jahres befindet. »Und das hast du ihm also zu trinken gegeben?«

Ich sitze in der Küche, im Nachthemd. Eine funzlige Lampe erhellt den Herd. Wir finden, dies ist viel schöner als die grelle Deckenlampe. Wir trösten uns. Überlebende in einem Kücheniglu. Herr B. kocht Spaghetti.

Place Blanche

Auf dem Gürtel Minengürtel Grenze zur Halbwelt Niederungen Unterwelten die in die Höhe führen sich den Hügel hochziehen auf der Grenze liegt dieser Platz in Grauzonen Obszönitäten beflecken den weißen Platz schneeweiß ist das Vorstellungsbild dieses Ortes weiß wie die Kreide die Kalksteinbrüche matschgrau die authentische Tagesaufnahme in der Mitte ein Lüftungsgitter Abzug der Métro Linie No 2 Porte Dauphine – Nation ein Rondell aus Beton drumherum Schauplatz der Surrealisten die Halbwelt das Kriminelle Kindermorde und *crime passionel* wie später die Existentialisten auf der anderen Seite des Flusses lasen die Surrealisten hier *faits divers* in der Zeitung Provinzverbrechen und lasen in Tarotkarten Theater der Grausamkeit Schauerromane in dunklen Wäldern der Städte Magritte läßt den Mörder fangen der neben der Leiche Grammophon hört die große Tröte die Epigonen als Muschel Geschlecht der Frau interpretieren zwei Laternen krönen in militantem Stil das Betonrondell den Platz historistisch zu renovieren mit Laternen der Belle Epoque einem Beet oder Blumen in seiner Mitte war bis heute kein Geld da kein Vorschlag im Stadtparlament die Mitte ist kahl trostlos wie eine Nachtbar von außen am Tag billiger Amüsierbetrieb und wird jeden Tag umkreist von dem kleinen Zug der Touristen das *Moulin Rouge* präsentiert kein Führer kennt hier den Namen Breton dessen Fenster Balkon auf die *stille und lichterfüllte Place Blanche* gehen so oder ähnlich schrieb seine zweite oder die dritte Frau über den Ausblick aus dem berühmten Atelier in der Rue Fontaine in der kleine Skulpturen von Giacometti neben Holzmasken der Primitiven und Zeichnungen von Picabia hingen Abendséancen fanden statt im Café Blanche das verschwunden ist das heutige heißt Palmier die Künstler hatten hier so viel Zeit täglich zu prüfen ob sie noch Avantgarde waren es eilte ja nicht die vorreitende Dada-Phase war längst vorüber Artaud und Bataille schon verbannt Aragon wurde kommunistisch und einige Jahre später ließ Breton die mythische Stätte zurück nur verschlossen mit einem Schlüssel der nächste Krieg vertrieb ihn bis nach Amerika doch in den sechziger Jahren erlebt der Zurückgekehrte eine neue Generation junger Künstler die seine alten Lehren für sich neu entdecken keiner von ihnen schießt in die Menge weil dieser Schuß Antikunst Demonstration die einzig noch mögliche revolutionäre Tat wäre Ästhetik und Provokation sind Revolutionsfeld genug auch dem Bild der surrealistischen Liebe verfallen sie nicht Nachkriegskinder hat sich ihnen der *Spiegel der Liebe* schon vorher für immer getrübt statt dessen probieren sie ihre eigenen Theater der Grausamkeiten und lesen in *Amour Fou* daß der junge Ludwig XV zum Vergnügen die Vögel die er in einem großen Käfig hielt tötete Könige Bettler der Rinnstein Palais bevölkern das Wunderbare das noch immer alltäglich ist auch für uns Nachzügler die auf ausgetretenen weißen Pfaden verlorene Schritte denken Heiterkeit Optimismus Frivolität haben uns wieder im Stich gelassen angesichts dieses Platzes die ästhetische Kategorie der Zerstörung die noch Tàpies vor ein paar Jahren als grundlegend für seine Arbeit erklärte anläßlich einer Ausstellung im Jeu de Paume als Zeichen eines nicht abgeschlossenen Prozesses der Moderne zeigt hier ihre finstere Kehrseite ein Burger King ein amerikanisches Ketten-Grillrestaurant eine Peep Show besetzen die schönen alten Pariser Gebäude rings um den Platz gegen Abend wenn der Rummel für einen Augenblick schweigt könnte man die leise Stimme Bretons noch einmal vernehmen bizarres Zwielicht schwarzblauer Himmel noch Tageslicht über den Dächern *L'Empire de Lumière* das grüne Kreuz vor der Pharmazie leuchtet wunderbar aufgeladen mit neuer Batterie das alte Alltägliche wenn die Platanen belaubt sind Schattenspiele über die Wände von MONOPRIX laufen könnte man sich in die alten Bilder Boulevard de Clichy versetzen doch sieht man nur Busse an Busse den Boulevard verschandeln Taubendreck diese Montmartre-Plage ist auch nicht nostalgisch in unseren Augen die Großstadtdreck sakralisieren im Programm gegen die Sterilitäten der Saubermann-Städte aus den Bussen quillen Touristen stehen Schlange vor dem Eingang zum Schnellprogramm im Moulin Rouge so programmiert hat die Halbwelt federgeschmückt ihren magischen antibourgeoisen Reiz doch verloren nur Verirrte im Spiegelkabinett Großstadtwunder laden auch dieses Gespenst der Freiheit noch einmal auf kein Familienskandal findet hier statt weil ein Großvater sein Vermögen einer Nachttänzerin zu Füßen gelegt hat nur das alte Glas Jugendstil Dach fächer- und blattförmig über dem Notausgang Seiteneingang dieses Etablissements ... ich wollte ein Foto machen für meine eigene Fotosammlung der *Dingwelt* da war es dem Abbruch zum Opfer gefallen

Canal Saint-Martin

Schleppkähne neun Schleusen baumbewachsene Idylle kilometerlang überirdisch verdankt sich dem Warentransport des industriellen Zeitalters Napoleons letzte Schlacht ist verloren die Hundert Tage Trauma ausgeträumter Träume der Royalisten Restauration und um 1821 wird der Pariser Hafen mit dem Vorortkanal de l'Ourcq und dem Becken von Villette verbunden am Stadtrand Schlote und Lagerhallen hohe eiserne Brücken mit Treppenaufgängen und -abgängen durch hydraulischen Druck klappen die Brücken sich auf und die Schiffe passieren in Richtung der Schleusen von Saint-Martin Angler sitzen sommers und winters am Ufer und starren stundenlang auf den Wasserspiegel Rentner mit Schlägerkappen vertreiben sich ihre alten Tage indem sie die Prozeduren der Schleusenöffnungen auf einer Bank sitzend oder am Geländer stehend begaffen auf der breiten Uferpromenade spielen Jungen noch Fußball und streunende Hunde gehören zum Bild Kanalabschnitte mit Algendreck füllen sich blitzschnell mit Wasser die alten Schleusen sind gut geölt und das Schiff sinkt oder steigt Klaftertiefen heute sind es die *bateaux mouches* die dann in den Tiefen Kanalsystem spärlich beleuchtet verschwinden und unter der

Bastille weiterfahren in Richtung Osten oben der Boulevard Richard Lenoir ist schön bewachsen und läßt mit Squares und Bäumen das unterirdische Wassersystem nicht erraten der Schein trügt und der Müßiggänger der die Blattspiegelungen auf dem Wasser betrachtet vermutet nicht daß er weiterläuft der Kanal unterirdisch er endet ganz plötzlich unter der Brücke des Rue Faubourg du Temple um die Ecke die lärmende Place de la République an den Quais Wohnhäuser mit großen Fenstern und kleine Cafés für die Rentner mit Schlägerkappen und Stumpen die vor dem Ricard die Ergebnisse des letzten Pferderennens oder des LOTO auf französisch mit einem t diskutieren an den Wänden hängen gerahmte Seiten aus verjährten Zeitungsauflagen *paris turf* die Spielautomaten sind vormittags noch nicht angeworfen so daß die Quartier-Idylle fast wie vor dreißig Jahren konserviert ist ganz lebendig wirken die Stammgäste dieser Cafés auch die Passanten keiner weiß hier daß das berühmte Hôtel du Nord nachgebaut in Carnets Film der Schauplatz einer Liebestragödie war Louis Jouvet bekommt die Selbstmörderin nicht doch erklärt seiner Freundin sie die andere habe etwas ... etwas ... das nicht zu erklären sei ... Atmosphäre ... *atmosphère!* ist wohl der berühmteste Liebesstreit-Schrei der Filmgeschichte mit dem die betrogene Arletty auf das Gefühl für die höhere Dame reagiert und die Schirmkappen-Männer mit ihrem Stumpen im Mundwinkel machen nicht den Eindruck daß sie Imitationen von Louis Jouvet sind und Ahnung von dessen verschwiegener Liebestragödie hätten er kommt einfach um durch eine Kugel die er selbst provoziert hat halbes Verbrechermilieu und im Hotel der Patron feiert die Kommunion seiner Tochter an langer Tafel mit großer Familie als ich das letzte Mal da war hieß es das Hotel werde bald renoviert und draußen fegte ein Sturm übers Wasser die Straßen leer umgekippt das bukolische Wasser Wildnis tobende Stürme peitschende Regen Weite Wasser und leere Quais Trostlosigkeiten in Grau kein Mensch steht am Fenster und sieht sich das Schauspiel an das Stadtbild verwandelt in Vorstadtöde menschenleer liegen die Quais Baumkronen werden nicht länger gespiegelt in der zürnenden aufgewühlten gekräuselten Wasserfläche bei Sturm sind Wasser nicht länger Spiegel die Angelruten herausgerissen kein Anker hält doch im Michelin-Führer von Paris sieht man nicht dieses existentielle Wetter verlassene Quais wilde Wasser unwirtliche Stätte man sieht wieder den stillen Kanal in herbstlichem Dunst Sonnenglast späte schon gelbliche Blätter einen großen Kahn liegen vor einer Schleuse was man nicht sieht ist der berühmte Bogen der Fußgängerbrücke nicht aufklappbar und die Schiffe gleiten unter der Treppenwölbung hindurch Luftbrücke zwischen Quai und Quai aus der Höhe sieht man die Säule von 1830 auf der Place de la Bastille Stadt Geschichtsraum aus diesen Fernen Naturraum scheinbar geschichtslos aus der Zeit gefallene Kanalstrecke unter dem Glassturz doch dann gleiten die Lautsprecherstimmen eines *bateau mouche* vorüber die Zauberei mit dem Sprung in andere Zeiten vorbei Gleichzeitigkeiten im Kopf in Erinnerungen suggestiv angeboten vom Schauplatz zeigen den Sprung des Jetzt nur dem melancholischen Blick identifizieren sich Gegenwartsidyllen mit Nostalgie & dem Topos Paris den Kanal kümmert das wenig alle paar Jahre wird er gesäubert die Becken entwässert entschlammt ein Sponsor spendet grüngestrichene Bänke im Stil von Renoirs Parkbildern oder postmoderne Laternen im Stil von 1900 die die Quais flankieren eiserne Ketten zwischen Pfosten halten Vandalen ab dort zu parken sind solche Enklaven machtgeschützte Innerlichkeiten um die Ecke die Freiheitsstatue Place République verbürgt unideologische Rückzüge für Angler Spaziergänger Leser Fotografen Gaffer der Mythos bleibt hier erträglich wir schreiben nicht Seinequais & Bouquinisten obwohl wer sagt daß solch abgegraste Orte in Wörtern weniger Funken schlagen als das Versteckte Besondere der neueste Geheimtip Wasserstrecke Revolutionsstrecke zwischen Bastille und Stalingrad

Die Farbe der Beinkleider

Er sei ein Dichter und er liebe das Genaue, hieß es von ihm, und der Zeitpunkt war gekommen, daß er, dem Wechsel literarischer Moden zufolge, über Nacht in aller Munde war. Tags zuvor hatten die Zeiger des allgemeinen Geschmacks noch das *Vage* angezeigt, und die Poeten und Künstler hatten sich wetteifernd übertroffen in subtilen Gedanken über das Unendliche, in feinst ziselierten Verschwommenheiten und Wolkenschnörkeln – bis das Publikum, all dieser Anstrengungen überdrüssig, nach Klarheit schrie. Man nannte das Klare das Genaue und behauptete, die Genauigkeit sei keineswegs nur eine Sache des Stils, sondern ebenso eine des Denkens und Fühlens – man sieht, dieses Publikum wollte den *totalen Dichter*, Denken und Handeln, Moral und Ästhetik schön unter einem Hut. (Der Dichter aber trug keinen Hut, und wenn, trug er ihn unter dem Arm, nicht auf dem Kopf.) Man tuschelte dies, man tuschelte das, der Dichter aber ging im Land herum und beobachtete und hielt sich abseits. Der Fürst hatte ihm einige Ämter und Aufgaben übertragen, die er gewissenhaft erfüllte, und auch das, schien das Publikum zu finden, gehöre, wie die Aura selbstgewählter Einsamkeit, zum Leben eines Dichters.

Wie aber kann ein Dichter dichtender Einsiedler sein und zugleich vom Publikum als öffentliche Figur gefordert? Denn das Publikum, begierig auf das, was sich ihm entzog, behauptete, der Dichter habe etwas an sich, das die Blicke der Hofdamen ebenso auf sich ziehe wie die der schönsten Jünglinge aus der Leibgarde des Fürsten. Es hieß, die Hofdamen rissen sich um seine Gunst und es regne Einladungen zu Bällen und nächtlichen Soireen, in deren Verlauf, so hofften die Hofdamen, der Dichter doch zu bewegen sei, mit sanfter Stimme einige seiner Verse vorzutragen, es hieß, die Jünglinge der Leibgarde erstrebten nichts ungeduldiger, als sich während der jährlichen Turniere und Fechtkämpfe am Hofe mit ihm messen zu können. Der Dichter aber gebe in seinem Verhalten auch weiterhin keinen Anlaß für diese Bevorzugung und pflege mit der freundlichsten Miene seine Geschäfte vorzuschützen und dem gesellschaftlichen Leben fernzubleiben. Der Streit der Meinungen müsse also auch fürderhin unentschieden bleiben, weshalb der Dichter im Mittelpunkt des höfischen Interesses stehe – ob seiner liebenswürdigen Manieren wegen, ob wegen seiner Belesenheit und gelehrten Kenntnis ältester Schriften, oder ob wegen der Farbe seiner glatt sitzenden Beinkleider, einem festlichen, ins Bräunliche spielenden pompejanischen Rot – und die Farbe dieser Beinkleider, farbenfrohes und elegantes (das heißt: gebremstes) Fanal, führt uns in den Bereich erotischer Spekulation (denn natürlich waren es die Damen, die ihr Augenmerk auf die Beine gerichtet hatten, ungeachtet der Tatsache, daß zwischen den angeführten Gründen, zwischen Belesenheit und dem Tragen roter Beinkleider ein beträchtlicher Unterschied vorliegen könnte). In diesem von Wispern erfüllten Bereich blühten die Gerüchte um so mehr, als der Dichter sich weder, wie es die Höflinge seines Alters taten, mit einer Favoritin an seiner Seite sehen ließ, noch sich, wie es der Kapellmeister tat, eine Muse unter den verheirateten Prinzessinnen auserkoren hatte. Zu Beginn dieser Geschichte hatte sich die Überzeugung festgesetzt, daß er, alles andere als ein Mönch, der geborene Verführer sei, der seine Opfer mit der gebotenen Verschwiegenheit zu schützen und mit der langmütigsten Geduld so weit zu bringen wisse, daß sie ihm neben dem Hofklatsch ihr innerstes Geheimnis anvertrauten. Auf der Suche nach einem dieser verborgenen Abenteuer war das Augenmerk eines Morgens, einer Indiskretion ihrer Kammerzofe zufolge, auf jene schöne und geistsprühende (aber keineswegs strahlendste unter den Sternen am höfischen Venushimmel) Gräfin gefallen, die mit dem Hofastronomen verheiratet war. Dieser war in den Augen des Publikums, das geschwind die Rollen in dieser vermeintlichen Liebesintrige nach dem Figurenschema der commedia dell'arte ausrichtete, der geborene Gehörnte, da er über so treffliche Eigenschaften wie ein großes Herz und einen weiten, in die Ferne gerichteten und das Naheliegende übersehenden Blick verfügte, Eigenschaften, die in den Augen der Welt freilich stets als Nachteil angesehen werden. Darüber hinaus verbrachte er manche Nacht einsam in der Kuppel der Sternenwarte, um, im Vertrauen auf den ruhigen Schlaf seiner Gemahlin, das funkelnde Himmelsgewölbe nach dem Glanz eines unentdeckten Planeten abzusuchen. Neugierig geworden durch das Gezwitscher der verliebten Hofdamen, hatte die müßige Gräfin eines Nachmittags ihrem Kammerkätzchen ein Goldstück in die Hand gedrückt und zu dem Buchhändler im den Marktplatz umlaufenden Arkadengang geschickt, um die Bücher des Dichters, von dem sie bis jetzt keine Zeile gelesen hatte, zu erstehen. (Wir sehen: Nicht die Beinkleider, sondern die Bücher rangierten an oberster Stelle der Rangskala.) Bald habe sie – so berichtete mit züchtig gesenktem Blick die Kammerzofe einer neugierigen Rivalin, die sich aus dem Garten der Gräfin ein Körbchen mit Mirabellen erbeten hatte – mit untergeschlagenen Beinen und um sich gebauschten Rökken im Fenster gesessen und habe, in völlig ungräflicher Manier in die Seiten der Bücher versenkt, bis zum Einbruch der Nacht gelesen. Es sei ein seltsames Bild gewesen, wie sie, Verse murmelnd, die von der Stille nächtlicher Plätze in südlichen Städten sprachen, vom Rieseln der Brunnen und vom Rascheln der Blätter über zerbrökkelnden Steinen, dort gesessen habe, versunken ins Buch wie in einen abgelegenen Ort und ungestört vom Lärmen, das von unten gegen die Fenster heraufschlug, kein Hufklappern der Pferde, kein Geschrei der Händler, kein Fiedeln der Stadtmusikanten schien sie zu hören. Als die Dunkelheit hereinbrach, als man die Hand vor Augen nicht mehr habe sehen können, sei sie von ihrem Sitz gesprungen und habe die Bücher in den Falten der weinroten Portieren und im Zwischenraum hinter den Tapisserien, die den langen Gang vor ihrem Zimmer schmückten, versteckt, ein Verhalten, aus dem die Rivalin ihre eigenen Schlüsse ziehen mochte.

Die nächsten Tage vergingen, ohne daß die Gräfin gewußt hätte, daß ihre Schritte bereits beobachtet wurden und sie vor Publikum agierte, denn die Rivalin hatte nichts Eiligeres zu tun gewußt, als die Geschichte, ausgeschmückt mit rosenfarbenen Zutaten, in kleinen Tropfen durch die Kanäle des Hofklatsches sickern zu lassen. Es kam der Tag, an dem die Gräfin mit fliegenden Schleiern auf dem Gipfel der Sternwarte erschien, um ihren nachzüglerischen Grafen zu einem Pferderennen abzuholen. Der Zufall fügte es, daß sie den Dichter dort antraf, der mit dem Hofastronomen in ein Gespräch über Himmelskonstellationen vertieft war, über dem sie den Aufbruch vergessen hatten. Es war eine kurze Begegnung, die um so kürzer ausgefallen sein mochte, als die Gräfin stets verkündet hatte, das Beste an den Dichtern seien ihre Schriften, Konversation und Auftreten dagegen durch gähnende Langeweile und eitle Pirouetten ausgezeichnet. Ob sie nun aus Überraschung über die Anwesenheit eines Fremden oder über die lebensgroße Korrektur ihrer Prinzipien augenblicklich ans Fenster trat, ließ sich nicht ausmachen. Fest stand, daß sie sich nach kürzester Zeit zurückzog und die Herren, auf eine weitere Aufforderung bezüglich des Pferderennens verzichtend, ihrem Gespräch überließ. Sie sei eilends, wußte die Kammerzofe zu berichten, nach Hause zurückgekehrt, wo sie sich in den vier Wänden ihres Boudoirs eingeschlossen und unter hastigem Hinundhergehen und lautem Gemurmel die nächsten Stunden verbracht habe, Gemurmel, in dem vor allem der Ausdruck *Gänse* hörbar gewesen sei, womit jedoch nicht, wie sie nach einer Weile verstanden habe, die berühmten, zum gräflichen Landsitz gehörenden Stopfgänse gemeint waren, die wegen der Leidenschaft des Grafen für *foie gras* gehalten wurden, sondern auf die Hofdamen angespielt wurde, die in ihrer pompejanisch durchtränkten Schwärmerei für den Dichter weder seine Verse noch die wahre Schönheit seiner Beinkleider verstanden hätten.

Einige Tage später wurde ein Gespräch belauscht, in dem die Gräfin ihrem Grafen anvertraute, sie wolle den Dichter in Zukunft öfter zu den Unterhaltungen in ihrem Salon heranziehen, und sich die Bemerkung entschlüpfen ließ, sie habe den Eindruck, daß der Dichter, entgegen dem Gerede um die Genauigkeit seiner Gefühle, sein Herz habe unvollendet belassen. Im Verlauf dieses Gesprächs ließen sich zum ersten Mal die Anzeichen jener Veränderung an der Gräfin beobachten, die ihr, als habe sie ein einziger Sprung aus dem Mädchen- ins Matronenalter versetzt, etwas Schweres, von unsichtbaren Kräften an die Erde Gezogenes verliehen, das ihre Bewegungen verlangsamte und fast träge erscheinen ließ. Eine Veränderung, die zunächst nur in Konturen und nur im Gegenlicht dieses frühen Morgens erkennbar gewesen war, denn das Gespräch hatte vor der sonnenbeglänzten Balustrade auf der Rückseite des Hauses stattgefunden und war von innen heraus beobachtet worden. Auch stand diese Veränderung im Widerspruch zu ihrem fast leichtfertigen Vorgehen, denn anstatt dem Dichter einen Boten mit einer Einladung zu schicken, wählte sie den Weg der versteckten Botschaft – ob aus Freude an der Maskierung, ob in der Hoffnung, er möge hinter der Sendung ihren Namen erraten oder um ihn auf die Probe zu stellen, blieb ungeklärt. Sie schickte ihm über drei Tage jeden Morgen die schönste, eben aufgeblühte Rose aus ihrem Garten, am ersten die duftende, großblütige und blaßgelbe Gloria Dei, am zweiten die silbrige und ein wenig steife Queen Elizabeth, und schließlich die sanfte, nur mit einem Hauch von Färbung überzogene, mattweiße New Dawn. Nach Ablauf dieser drei Tage schien ihre Erfindungskraft zu versiegen, sie saß in den Ecken ihrer Zimmer herum und zeigte nun jene einer Kugel auf Füßchen von Tag zu Tag ähnlicher werdende Verwandlung ihrer gesamten Gestalt, deren Ursache die Kammerzofe sich nicht erklären konnte, da sie die Gräfin weder pfundweise die gerade in Mode gekommenen Marzipankartoffeln verschlingen sah noch Schichten der Linzer Torte, für die sie sonst eine besondere Vorliebe zeigte – als von unerwarteter Seite eine Wandlung herbeigeführt wurde. Jene Rivalin, die zuerst das Gerücht eines geheimen Affekts der Gräfin für den Dichter in die Welt gesetzt hatte, eine blaßhäutige Schöne mit gelackten, ebenholzschwarz über die gefältelten Kragen gedrehten Haarflechten, hatte seit einiger Zeit dem Fürsten mit dem Vorschlag in den Ohren gelegen, einen Fonds zu gründen, mit dessen Hilfe der Dichter, eine Zeitlang seiner Amtsgeschäfte enthoben, sich ungestört seinen Schriften widmen und die Freilegung der zum Teil übermalten, zum Teil verblaßten Wandmalereien in der Ruine des fürstlichen Gartenpavillons ermöglicht werden könne, deren Instandsetzung ihm seit langer Zeit am Herzen liege. Nach einer Zeit der Beratung hatte sich eine kleine Gruppe höchstwohlgeborener Mäzene eingefunden, und die Wahl war auf den Hofastronomen gefallen, der dem Fonds vorstehen und den Tag seiner Gründung mit einem festlichen Akt ausrichten sollte.

Der Abend kam, und die hofastronomische Tafel sah eine kleine Gesellschaft versammelt, die sich im Schein der untergehenden Sonne, die durch die hohen Fenster in den Saal fiel, sich in den Lüstern brach und einen rotgoldenen Hauch auf die Gesichter der Frauen warf, auf das Köstlichste über die Figuren des *cortigiano* und des *cicisbeo* unterhielt. Im Hintergrund spielte das fürstliche Kammertrio mit leichter Hand vom Kapellmeister komponierte Sarabanden und Giguen, die sich auf das Beste mit dem Geplauder der Geladenen, dem in den Gläsern schäumenden Wein und den Sonnenstrahlen vermischten. Die Tafel war erlesen, aber nicht üppig ausgestattet, und der Dichter, der Rangordnung gemäß zwischen die Fürstin und die ebenholzschwarzhaarige Rivalin plaziert, spielte gedankenverloren mit dem Griff eines Perlmuttlöffelchens, während er den Ausführungen seiner Tischdamen lauschte. Die Gräfin, die Füßchen in mauvefarbener Seide unter der Tafel gekreuzt, saß in ihrer neugerundeten Fülle, die, von der Rivalin aus den Augenwinkeln mit einem abschätzigen Blick gestreift, ihr den melancholischen Reiz einer schläfrig ins Gras gelagerten junonischen Kuh verlieh, dem Dichter schräg gegenüber und lauschte – ob den Worten ihres Tischherrn, des Kapellmeisters oder den ab und zu in die Konversation seiner Nachbarinnen gestreuten Bemerkungen des Dichters, mag dahingestellt bleiben – mit schräg vorgeneigtem Gesicht, das von ständigen Wellen des Errötens überflutet zu werden schien, da Kopf und Schultern, auf deren einer eine durchsichtige Stoffrose wippte, vollständig im warmen, rötlichen Sonnenglanz eingehüllt waren.

Es kam die Zeit, da Reden gehalten, da Lobsprüche ausgetauscht und in Terzinen gefaßte Erinnerungen geweckt wurden, und als der Moment kam, um dem Dichter die Urkunde der auf seinen Namen lautenden Stiftung zu überreichen, war sein Platz leer. Man wartete, man ließ in den Gängen nach ihm suchen, die Tischgesellschaft zerstreute sich, schweifte in alle Richtungen des Gebäudes aus, und von überall schallten die Rufe der Suchenden. Als man nach einer Weile unverrichteter Dinge in den Saal zurückkehrte, fand man die Musiker mit gelockerten Halsbinden auf ihren Stühlen, Geigenbogen, Flöte und Fagott gegen ein Glas Wein vertauscht, und den Dichter allein in der Mitte der Tafel sitzen, als habe er seinen Platz nie verlassen. Die Gräfin aber stand am Fenster des Gangs und suchte im allerletzten Abendlicht ein Stück zerknitterten Papiers zu entziffern, das vor der Abwesenheit des Dichters unter den Tisch gerollt sein mußte und nach dem ein aufmerksamerer Beobachter, als es die Geladenen waren, sie sich hätte bücken sehen können, bevor sie der ausschwärmenden Tischgesellschaft aus dem Saal gefolgt war.

Als die Kammerzofe, zu vorgerückter Stunde das dichtgewellte Haar der bereits zur Nacht gekleideten Gräfin bürstend, das entfaltete Stück Papier neben dem Spiegel liegen sah, entdeckte sie, mit flüchtiger Hand und in willkürlicher Ordnung aufs Papier geworfen, einige Köpfe der zu restaurierenden Figuren auf den Fresken des Gartenpavillons, und dazwischengestreut Türgriffe und Fensterknäufe, die in unterschiedlichen Größen die Form zusammengeballter Rosenköpfe hatten. In einer Ecke des Zettels standen untereinandergeschrieben in einer ihr fremden Handschrift *Gloria Dei, Queen Elizabeth, New Dawn.*

Rosette de Lyon

Durchstreichen ——————: So fängt ein Text von Derrida über Heidegger an. Wegstellen – so fängt mein Text über die Surrealistin (und Journalistin) Ryhen an. Immer stellte sie etwas weg, eine Flasche, eine Tasche – und war, eine gewisse schöne Unordnung, Haufen von Krimskrams, Manuskripten, Büchern, Artikeln, Fotos, bric-à-brac bewiesen es, keine chronische Aufräumerin. Obwohl in Montparnasse zu Hause, hatte sie mit der Psychoanalyse nichts am Hut – mehr als Traumsymbole und die Neugier auf neue Rätsel (nicht auf ihre Erklärung) der Wirklichkeit hatten sie (die wahren Surrealisten) nie gemein mit Freud, auch wenn sich manche seiner Fallstudien als Fundgruben erweisen für Phantasiestücke. Was wäre Buñuel, wenn er wie Hitchcock mit Vulgärschemata der Tiefenpsychologie gearbeitet hätte? Irgendwo findet sich immer eine verdrängte Begierde, die blind macht oder stehlen läßt, ein Schuldgefühl, das den verrücktesten Lapsus blühen läßt, bis der Täter seine (anal-perverse) Gier nach —————— dem Erbe der Frau verrät. Wegstellen – ist nicht aufräumen. Aufgeräumt finden sich die Dinge am (richtigen) Platz. Aufgeräumt will sich kein Künstler finden, der Therapien meidet und seine Neurosen pflegt wie ein Parvenu seinen Sonntagsschlitten. Wegstellen – und auf die Suche schicken. (Also doch therapeutisch? Auf die Reise schicken?) Sie stellte Flaschen weg, Taschen, die Gäste auf ihrer Garderobe deponiert hatten. Sie stellte Wissen weg, sie behauptete, mit unnachahmlicher Chuzpe, die Zeile, von der gerade die Rede sei, stamme von Rimbaud. Der phantasievolle Zuhörer ist nie in Schießhund-Stellung. Er überhört falsche Spuren und Quellen. Durch Zufall wird einer aufmerksam: Aber nein! Diese Zeile stammt von Apollinaire. Zuweilen stellte sie Gegenwart weg – ohnehin schien ihr Appartement in der Anhäufung von Vergangenem Gegenwärtiges zu schlucken (zu überwuchern). Verschwinden lassen, verstecken – wo ist die Grenze zum Wegstellen? Wo verläuft die Grenze zwischen dem vorläufigen Aufräumen, Wegstellen und dem Löschen, Streichen, denn, was man nicht sieht, ist vergessen. Und wenn nichts an das Weggestellte erinnert, ist es verschwunden. Latenter Diebstahl – von Dingen, von Wissen, Erinnerungsbruchstücken? Oder eigene Verrücktheit? Zerfahrenheit, Zerstreutheit – das war die wahrscheinlichere Erklärung bei einer alteingesessenen Bewohnerin von Montparnasse. Für den, dem etwas *fehlte,* führte das ewige Suchenlassen – Frage- und Such-Spiel können eine perfide Tortur werden – an die Grenze, wo er um seinen eigenen Verstand fürchtete. (Wie Ingrid Bergman in *Gaslight.*) Da hört der surrealistische Humor auf, Hitchcock und Inszenierungen einer systematischen Verwirrung des Opfers melden sich wieder. Das *dérèglement de tous les sens* ist eine ästhetische Praxis – das Suchen-Lassen – sag, wo die

Brosche deiner Großmutter ist, der Ring, den ich dir geschenkt habe – ist eine kriminelle Handlung, Charles Boyer hat den Schmuck selbst versteckt, und Ingrid Bergman fühlt sich schuldig, unsicher, angeklagt von der Normalität, die weiß, wo sie ihre Siebensachen hat, aber sie findet sie nicht.

Wann behältst du's besser, fragte Ryhen mich eines Nachts, es war spät, und wir hatten Wein aus ihrem Keller getrunken, ohne das Maß zu überschreiten. Wann behältst du's besser, fragte sie, jetzt oder morgen früh? Es handelte sich um die Adresse von Freunden, die wir besuchen sollten, Originale aus der IV. Republik, die noch an die aufklärerische Wirkung von Bildung für jedermanns Kinder glaubten. Morgen früh, sagte ich, wohl wissend, daß man mir leichte Vergeßlichkeiten als alkoholbedingte Amnesien auslegen würde, aber: Schreib sie doch auf, die Adresse, dann brauch ich sie nicht zu behalten. Sie schrieb die Adresse auf einen Zettel vom Küchenblock, ich steckte ihn in die Brusttasche meines Sommerkleides und ging schlafen, im Gästezimmer. Am nächsten Morgen, ich spülte die Teller des abendlichen Gelages, lag der Zettel in der Mitte des Küchentisches. Unheimlich? An Geister glaubte ich nicht, auch nicht an meine Amnesie. Es war früh am Morgen, ich stellte die Teller zum Trocknen auf und ging wieder ins Bett. Zeugen hatte ich keine – weder für den Zettel, der aus meiner Brusttasche auf den Küchentisch gewandert war, noch für mein frühes Spülen. Vor dem Frühstück sagte Ryhen, sie habe noch in der Nacht alles Geschirr gespült. Ich sagte nichts. Entweder war sie verrückt oder perfide. Grund, meine Haut zu retten und Verwirrungen à la *Gaslight* sich nicht wiederholen zu lassen, am eigenen Leib, Kleid, Brusttasche, Erinnerung. Das Spiel der anderen mit der eigenen Lücke. Von einem Loch der Erinnerung konnte man hier wohl nicht reden. Weder die Adresse der alten Leute noch das Geschirrspülen konnte man eines Traumas oder einer Verdrängung verdächtigen, genauer: das Vergessen der Adresse & des Spülens. Aber ein wenig panisch wurde ich innerlich doch, als sie erzählte, daß sie eine Intima der verrückten Unica Zürn gewesen sei. Bevor ich der Sache nachging, fiel mir ein Ereignis aus meiner eigenen Geschichte der Verrücktheit ein. Wir waren verabredet, es war Wochen her, ein Spektakel von Jérôme Savary lief im Théâtre Chaillot, Ryhen schrieb eine Kritik und hatte zwei Pressekarten. Sie lud mich ein, und wir verabredeten uns vor der Kasse. Dort lagen die Karten, kostenlos. Ich war fast eine halbe Stunde vorher da, spazierte vor der Kasse und Treppe zum Bühnensaal auf und ab. Die Gänge leerten sich, die Türen schlossen sich, ebenso die Kasse, keiner erschien. Am nächsten Tag rief ich an – wo sie abgeblieben wäre? Sie sagte, sie sei dagewesen. (Das war unmöglich, alle Zuschauer mußten die Treppe hinunter, vor der ich gewartet hatte, in schwarzen Hosen, schwarzem Bolero, schwarzem Seidenmantel.) Ich sagte: Ich habe gewartet, vor Kasse und Treppe, ein idealer Posten, um sich zu verpassen. Sie: Aber ich sagte doch: An der *contrôle*. Wir treffen uns an der *contrôle*. Dort liegen die Pressekarten. Die *contrôle* befinde sich unten, im Souterrain. Dann, liebe Ryhen, warst du wohl eine Dreiviertelstunde vor Beginn der Theateraufführung da, dachte ich und verschwieg, daß ich selbst so lange dort gewartet hatte, vor dem einzigen Zugang zur Bühne. Zanken mit Verrückten oder Perfiden, mit Wegstellern und Wegrednern, ist überflüssig. Man zankte, redete, argumentierte gegen Wände. Ob verrückt oder perfide. Auch Unica Zürn, glaubt man der Journalistin Ryhen, die sie vor ihrem Tod lange kannte, redete gegen Wände. Wände – das Schweigen Hans Bellmers. Der bastelte seine Puppen-Rhizome, Geflechte, Konstruktionen aus Rümpfen, Beinen, Armen von Puppen. Ein surrealistischer Besessener – leider hatte er nicht das nervtötende, hysterische Gelächter von Dalís paranoischer Methode, auch nicht den Witz von Duchamp. Der fabrizierte Schock erschlägt den Künstler – eine alte Künstler-Roman-Geschichte. Er wird selbst zur Puppe, Wachspuppe, zum Skelett, das seine Tage im Bett verbringt, gegen Wände starrend –: Und Unica springt aus dem Fenster. Der Sprung sei der Ausweg gewesen für Zürn, das Anschreien gegen die Mauer des Schweigens hätte sie nicht länger repetieren können. Erster Schritt: Der Künstler wird erschlagen von seiner eigenen Methode, Skulpturen zu fabrizieren, in denen psychopathologische Phantasien ranken, Zerstückelungen und Konstruktionen in unendlichen Variationen miteinander verbundener Gliedmaßen von Puppen. (Puppenmacher – ein unheimliches Thema der Kunst.) Er selbst wird zum psychiatrischen Fall. Zweiter Schritt: die Ansteckung der Umgebung. (Dies ist eine »medizinische« Deutung, die keinerlei Anspruch auf Stichhaltigkeit erhebt – die Journalistin Ryhen zum Beispiel führte noch andere Gründe für Krankheit und Selbstmord an: U.Z., mit neun Jahren von der Mutter verführt, vom preußischen Vater zu streng erzogen. Entwurzelt als Deutsche in Paris. Erschlagen vom Ruhm des Mannes. Ihre Anagramme haben keinen rechten Erfolg, nicht einmal traditioneller geschriebene Prosa wie *Der Mann im Jasmin.*) Unica, angesteckt von den Ausfällen Bellmers – durch exzessive ebenso wie durch Schweigen. Sie begibt sich in unregelmäßigen Abständen freiwillig in psychiatrische Kliniken. Fühlt sie sich besser, lebt sie wieder privat. In Deutschland würde ihr Schreiben als Selbsttherapie gedeutet. In Frankreich ist man in der Lage, die seelisch Kranke (?) von der geistig Produzierenden – auf wiederum schizophrene Weise – zu trennen. Zu denken, daß der Mensch ein Ganzes ist, ist hier längst obsolet. Körper, Seele und Geist gehen oft eigene Wege. Und die alte Hymne auf Genie & Wahnsinn (Genie & Krankheit) klappt auch nicht mehr. Nicht die geistigen Obsessionen sind Ausdruck seelischer Krankheiten – seelische Krankheiten nicht Ausdruck von seelisch Kranken, sondern Signal für Lebensverhältnisse, die die Geschädigte nicht *frei* lassen. Der Analytiker (von Sylvia Plath, von Anaïs Nin) freilich verlagert den Herd der Krankheit in den Patienten, der dem Druck der Verhältnisse, weil er krank ist, nicht gewachsen ist. Teufelskreis: Krankheit & Kur. Die Kur aber nützt nichts, weil die Kranken krank *sind*, heißt es. Hätte man Cocteau und seine Opiumsucht so kontinuierlich ausmerzen wollen wie die Artauds, hätte er neun Jahre Rodez bekommen und nicht freiwillige Entziehungskuren von ein paar Wochen, dann hätte ihn die Folter mit aufgeklärt technischen Mitteln (eine rationale

Form des Exorzismus): mit *Elektroschock* sicher auch um Haare, Zähne, Sehkraft, Nervenkraft & Verstand gebracht. Wenn die Revolution nicht stattfindet, wenn die physischen, finanziellen, beruflichen Verhältnisse sich nicht ändern, wenn die Überwachung an der langen Leine der Psychiatrie bleibt, macht diese Doppelbelastung selbst den stärksten Ochsen kaputt. Das Bild der Krankheit zeigt keine Änderung – Depression, Schizophrenie, Paranoia. Doch: Unsere Journalistin will die einzige Betreuerin sein. Vertrauensstellung. Sie bringt Unica Zürn zu Ullstein. Sie spielt den Scout und rennt Verlegern die Häuser ein. Als Feministin drängt sie die Schriftstellerin selbst zu: Aktivität. Unica soll selbst Bücher und Manuskripte verschicken. Die Autorin bekommt keine Antwort. In Verlagen wird es nicht gern gesehen, wenn Autoren und ihre Agenten die Verträge selbst erfüllen wollen. Hysterie, heißt es. Ich denke: Auch hier könnte ein Grund liegen für den Sprung. Den Sprung in der Schüssel, den Sprung aus dem Fenster. Sonst kein Ausweg aus der Ausweglosigkeit. Eine Vertraute, die Druck macht. Eine Vertraute, die Verwirrspiele inszeniert, wenn sie als Dunkelmann enttarnt ist. Verwirrt: ist die Selbstmörderin. Verlegen, versprechen – wegstellen – wird von der Vertrauten inszeniert. Ob diese Unica (als Ingrid Bergman) nicht am Ende selbst glaubte, daß sie wahnsinnig sei. Sie konnte es – es: das Reale – nicht mehr überprüfen, wenn der (kranke) Mann schweigt und nur die Vertraute spricht, aber falsch.

Aus dem Fenster bin ich selbst nicht gesprungen. Auch dulde ich in meiner eigenen »Paranoia«, daß jeder sich mal verspricht, ohne gleich nach Verdrängtem zu fahnden. Doch wenn das Ver-Sprechen sich so systematisch wiederholt – verrückt oder perfide? Rette deine Haut, mach, daß du abhaust.

Das letzte Mal, daß ich sie sah, war auf einer Party in ihrer Wohnung in Montparnasse. Es waren, diskret natürlich, weitere *Fälle* da für Scouts und die manisch-depressive Sektion der Literatur und Kunst. Ryhen liebte solche Stehparties und schaffte es, zwei- oder dreimal im Jahr vierzig bis sechzig illustre oder interessante Leute in ihre zwei Zimmer zusammenzutrommeln. Modephilosophen der Pariser Szene, Verlagsleute, Künstler, Autoren, Wissenschaftler, junge Frauen, die bei Rundfunk & Theater hospitierten, nicht mehr ganz junge Männer, die privatisierten und Säufer waren. Die Abende fingen meist gegen sieben an – Berühmtheiten wie Handke ließen bis zehn auf sich warten – die letzten gingen zwischen elf und zwei. Südamerikanische Ehefrauen von Goethe-Instituts-Mitarbeitern brachten Chili con Carne, die jungen Studentinnen brachten Pâtés in Blätterteigkruste, den Wein hatte sie selbst angeschleppt vom Winzer aus Burgund, ein halbjüdischer Journalist brachte Kuchen mit aus der polnischen Konditorei in der Rue des Rosiers. Dieses, das letzte Mal, hatte sie mich antelefoniert: Bring doch ein wenig *Rosette* mit, *Rosette de France.* Ein wenig – bei vierzig bis sechzig Leuten? Andere mochten andere Würste mitbringen, aus der Auvergne vielleicht. Ich kaufte ein Kilo, dünn geschnitten, und hörte vom *boucher, Rosette* gebe es nur als *Rosette de Lyon.* Wer redete falsch? Der Sprecher, der Zuhörer, der Empfänger des Auftrags?

Ry.: Aber – ich habe dir doch gesagt: Du sollst ein wenig *Rosette de France* mitbringen.

Un.: In der Charcuterie behaupteten sie, es gebe nur *Rosette de Lyon.* Saucisson – gebe es aus allen Landstrichen. *Rosette* –

Ry.: Du hättest darauf bestehen müssen. Ich serviere immer *Rosette de France.*

Pause

Ry.: Das ist ja viel zuviel.

Un.: Ich weiß, du sagtest: ein wenig. Aber ich hoffe, du meintest: genügend.

Der Abend dauerte bis zwei Uhr. Ich schlief im Sitzen, mit offenen Augen. Die *Rosette* war gegessen. Die Letzten waren zu dritt. Außer der Gastgeberin. Ich hatte getanzt, der Teppich war aufgerollt, es lief eine Kassette, die Stimme einer jungen Ostberlinerin, die auch Brecht sang und sich in Paris versuchte. Ein berühmter Dichter war kurz erschienen, hatte einem andern ein koreanisches Model ausgespannt und war sofort wieder mit ihr verschwunden. Dem Dichter wurde nachgesagt, er suche ein Haus in der Vorstadt, für eine Million Franc. *Rosette – de France, de Lyon,* murmelte ich.

Olivenbaum

In der Küche wächst ein Olivenbaum. Ein Baum – kein Hain. Keine Götter, die sich zur Pan-Stunde darin tummeln. Keine Pan-Flötentöne. Und Daphnis und Chloe, die ihr Liebeslager im Schatten aufschlagen. Grillengezirp? Ersetzt durch zischendes, kochendes Wasser. Götter – sind in Küchen Laren und Penaten, Hausgötter, keine Haingötter. Ein Hain – welchem Gott geweiht? Dem Pan-Gott der Liebe.

»Und silbrig glänzten die Blätter der Olivenbäume, als der Wind über den Hügel strich und drohende Wolken am Himmel aufzogen. Blies in die Bäume, riß die Oliven herab, sie rollten ins Tal zum Fluß; und silbrig glänzten die Blätter auf ihrer Unterseite. Vertrieben die beiden Lagernden. Nur in Chloes Gewand befand sich die Grille, die Daphnis am Mittag aus ihrem Busen befreit hatte. Wie ein Käfer war sie hineingefallen, direkt vom Baum herab, die schwarze Oliven-Grille.«

So dichtet sich Longus nach, in meiner Küche. Oliven esse ich nicht, die Vorliebe für Oliven, für schwarze, glänzende, ist rein ästhetisch. Es gibt eine Anekdote, nach der Somerset Maugham im Sessel sitzend gestorben ist, in der Hand eine Olive, pars pro toto für den geliebten italienischen Süden. Italien-Sehnsucht? Wollte nie Deutsch-Römer werden. Mein Süden, meine Antike sind strikt französisch. Elysische Felder mit Sarkophagen aus gallischer Zeit, provençalisch (auch roussillonisch, Pyrenäen-Landschaft), und wenn die Götter fehlen, so verheißen wir nicht ihr Kommen nach unheiliger Zeit wie Hölderlin in seinem traurigen Bordeaux – wir spielen mit ihnen und lassen Apoll nicht den Orpheus zerreißen, auch Menschen dürfen die Leier schlagen.

Philosophie in der Küche. Epikur – über das Maßhalten: »Es gibt auch im kargen Leben ein Maßhalten. Wer dies nicht beachtet, erleidet Ähnliches wie derjenige, der in Maßlosigkeit verfällt.« Maßhalten – auch für den, der Gelage, Orgien liebt und den leichten Rausch.

Die heilige Stunde, sieben Uhr, das erste Glas Wein, ich betrete meinen Olivenhain mit der Sanduhr, dem Teddybären, dem Kugelmann, der Frau in Purpur unter einem Orangenbaum (wer bekommt die Orangen alle in ihre Kuhlen – Sie kennen das Spiel?), mit dem Kugelbäumchen aus Straßburg, dem kleinsten Radio der Welt von Sony; dies Spielzeug hat Platz auf dem Kühlschrank. Das erste Glas, das zweite Glas – und keine Oliven zum Aperitif. Übrigens hat eine Olive angeblich 80 Kalorien, als geborener Heide glaube ich nicht an Abschreckungs-Orakel, aber lasse es trotzdem, sie zu verzehren. Sie wachsen am Baum. Der Baum steht auf rundem Fuß, hat einen festen Stamm, um den sich Oliv-Zweige ranken mit grünen Blättern und schwarzen Beeren, hat eine schwarze Krone, den Schirm – ist eine Lampe. Zwei Kränze passen dazu, sie hängen über dem Herd, über dem Weinregal, Olivenzweig-Kränze mit Wandkerzen und Hütchen. Schirme, Hütchen – alles schwarz, Olivengezweig – alles in Grün. Maßhalten? Ich verfaßte schon Hunderte von Rezepten – *là-bas,* auf meiner Küchen-Spielwiese zu heiligen Stunden. Aphrodisiaka. Jeder weiß, daß Küche und Bett zusammengehören – Küche? Gelage –, nicht nur bei Goethe, der die Hexameter dann dem Liebchen auf ihren römischen Rücken klopft. Aber gekocht wird nur mit schwarzem Pfeffer, Ingwer, Safran, Thymian, Aphrodisiaka, die man um die Ecke beim Araber, in der Epicerie in der Rue Lepic kaufen kann. Oliven? Erfand ich einst zum *rôti de veau* – Kalbsbraten, in Olivenöl angebraten, in Weißwein geschmort, mit Schalotten, Knoblauch und Oliven versehen, dazu Kartoffeln, in einer Marinade aus Rosmarin und Olivenöl gewälzt. Der Braten sollte Vitello tonnato werden. Sie wissen, Kalbfleisch mit dieser wunderbaren Sauce aus püriertem Thunfisch, Kapern, Anchovis, Crème fraîche und Mayonnaise. Die Olivensauce sollte das Kalbfleisch nur mit ihren Ingredienzien durchtränken. Doch kein Mensch nahm die Thunfisch-, alle die Olivensauce.

Einst aß ich in schwerer Stunde am linken Ufer ein kleines *canetton,* Entchen, in Oliven und Sherry gekocht, der Freund trug ein rosa Hemd und dachte, ich hätte eine Psychose – also eß' ich Oliven, doch in Saucen und nicht in (bitteren) Marinaden. *Schwarze Oliven* – von Lawrence Durrell. Ein Tagebuch. Korfu und Briefe an Henry Miller – der badete auch dort, bei dem Koloß von Maroussi. »Ganz still wie in einer prähistorischen Zeit lag ein kleiner Olivenhain und neigte sich zum Meer hinab, und das

Ufer war mit braunem, trockenem Seegras bedeckt. Wir kochten in einer freundlichen Hütte mit einem Boden aus Erde, einem Garten voll Glyzinien, Nelken, Levkojen – zum Trunkenwerden.«

Anderes spielt in Ägypten, in Alexandria. Oliven – Arabien? Bleiben wir bei Oliven – Südfrankreich, auch wenn in Paris Oliven meist von Arabern eingelegt sind, und in Deutschland von Griechen und Türken. Türken – hier kommt der Verrat, Mond, ich kenn' deine Sichel. Dieses mittelmeerische, levantinische Gesocks. Soldaten, Söldner, die um Purpurgewänder würfeln, für 30 Silberlinge Verräter kaufen, was wäre der Garten Gethsemane ohne die Tragödie des Verrats? Erst Judaskuß, dann Simon Petrus' dreimaliges Hahnkrähen. Mir hätte der Garten genügt, der Mann war allein, allein inmitten von Schlafenden, Schläfern. Sei wachsam und geduldig mit deinen Schläfern – die Winde streichen durch Ölbäume. »Und es war ein wundersamer Garten vor den Toren der Stadt, der hieß Gethsemane, nach dem Ort, nach dem Stifter, und Jesus ging am Abend mit seinen Jüngern dorthin, um Kühlung zu suchen. Und der Garten stand voller Ölbäume (war ein Ölbaumgarten).« Der Kelch ging nicht an ihm vorüber, der Palmzweig, der Friedenswedel, der seinen Einzug in Jerusalem begleitet, begrüßt hatte, war ein falsches Zeichen gewesen. Der König auf einem Esel. Der Bettlerkönig, seine kleine Sekte, der Pöbel, die Lynchhetze – daraus wird die Johannes-Passion, von Bach, die so viel moderner, affektgeladener ist als die Matthäus-Passion, auch wenn die von Pasolini bearbeitet wurde.

Noch einmal den Epikur meiner Küche: »Es ist töricht,

sich von den Göttern erbitten zu wollen, was jeder sich auch selber verschaffen kann.« Erbitten wir von den Göttern Liebe, Olivenhaine? Kochen wir doch mit Oliven, obwohl wir so weit nicht gehen wollen, daß Liebe durch den Magen geht. Durch die Sinne – doch dazu gehören in erster Linie die Nerven, der Kopf. Vielleicht ein Salm gefällig, mit Tomaten, Oliven, in Butter geschmort? Ein beredtes Gelage, von Schweigen halten wir nichts (beim Genießen, beim Essen), nur in Sachen der Liebesphilosophie und der Diskretion. *Silentium custos virtutis* – Schweigen ist der Wächter der Tugend, das war eins der Motti meines Vaters, der sehr viel sprach. Rede, Esprit, das sind keine Klischees über Franzosen, ich erinnere an die Hymne von Maupassant über das französische *causer* am Ende seines (fiktiven) Tagebuchs aus dem Süden, von der Côte d'Azur, Titel: *Sur l'Eau*. Sonst verkehrte er mit seinem Meister Flaubert in der Normandie. Da gibt es Äpfel. Keine Oliven. Und der Freund meiner Gelage im rosa Hemd zitierte Napoleon, wenn es strategische Entscheidungen zu treffen galt. Vor der Schlacht von Toulon, Napoleon, der junge, zog gegen Italien in den Krieg, siegte, und Frankreich war gerettet: »Du pain, des olives et – silence!« Brot, Oliven und – Schweigen!

Wir rühren im Kochtopf, bereiten Paprikastreifen vor und träumen vom Süden. Mein Olivenbaum stammt aus dem Norden – eine Lampenschirm-Macherin aus Montmartre, Madame Martine mit Laden in der Rue Ravignan, hat mir den Schirm gefertigt, ich konnte nicht widerstehen, die Küche in einen Hain zu verwandeln, obwohl das Umzugsbudget schon erschöpft war. Wir rühren im Kochtopf und werfen einen Blick in die deutsche Übersetzung: *Über das Glück* – so heißt die kleine Sammlung von Aphorismen Epikurs. Glück, Ruhe, Stille, Reflexion, Gelage, Gespräch, der Süden, der Sommer – sind Synonyme. Ich bin kein Südweh-Fanatiker. Nur ein Träumer, im Norden. Von kalten Wintern halte ich im Grunde auch nichts. Doch: Kamin, brennende Holzscheite, Kerzen, Grog, Bücher – da kommen die nächsten Träume, Träume von Wintern, in der Stadt, auf dem Land, ein Fasan, ein Rehrücken. Auf provençalisch? Non. Mit Nelken, Muskat, der Winter gehört einer anderen Region. *Diese Freuden ...* so heißt es bei Colette, in der deutschen Übersetzung. Träume von Sommergewittern – wir retten uns in eine kleine Hütte, essen Oliven, während der Regen rauscht und die Blitze über violette Himmel rasen, wir: Ewige Daphnis und Chloe meiner frühen Lektüren, Antike, Gastmahl, domestizierte Natur und: das Haus. Weinkrüge und Ölkrüge und Schläuche – wann wurde das Leder erfunden? Da träumte sich eine aus ihrer Kindheit in ihre Latein-Lektüren. Orange – und Amphitheater, Augustus-Statue unter südlichem Himmel, in dem die Götter schweigen. Mit der katholischen Kirche hatten wir's wenig, nur wenn Gärten vorkamen in Bibelgeschichten.

Liebeshain – Olivenhain
doch du läßt das Essen sein
guck sie an die Schwarz-Olive
hat schon schöne neue Triebe

Sehen – nicht essen. Aber wir essen doch.

»Träume haben keine göttliche Natur und keine prophetische Kraft, sondern entstehen durch eindringende Bilder.« (Epikur)

Normannische Träume

»Das kommt in die Normandie«, pflegten wir jahrelang zu sagen und meinten Hausrat für einen zweiten imaginären Wohnsitz an der Küste zwischen Honfleur und Deauville, die sich *Côte Fleurie* nennt. Wir haben ihn bis heute nicht, aber wir sagen noch immer: »Das kommt in die Normandie.«

Wie würde dort alles blühen – dem Namen gemäß: Côte Fleurie. All die Rosen im Topf, Gardenien, Oleander, Kamelien, Hibiskus, Lorbeer-Bäumchen, die auf Pariser Balkonen den Abgasen zum Opfer gefallen waren. Die neue Rose – schon wieder befallen von Umweltschäden? Ab in die Normandie. Wie soll er aussehen, der Wohnsitz? Eine alte Villa, an den Hängen von Villiers, auf den Hügeln von Trouville? Eine Mühle in den Wiesen vor Honfleur? Ein Landhaus aus Backstein zwischen Trouville und Villerville? Schließlich entschieden wir uns. Wir gaben den Traum vom alten einsam gelegenen Landhaus auf. Den Traum vom Landleben mit alten Weiden und Apfelbäumen. Wir hatten weder Auto noch Führerschein, um unsere Einsamkeiten erreichen zu können. Blieben gelegentlich gemütliche Landpartien mit Picknicks an der Seine im Auto von Freunden. Liebten wir nicht seit je die Küstenstädte, die Seestädte, die in zwei Stunden von Paris mit dem Zug zu erreichen waren, Trouville vor allem? Die Entdeckung von 1983, das weiße Hotel am Meer, das der Schauplatz eines Theater-Fragments wurde. Und hatte ich nicht herausgefunden, daß nicht nur Flaubert, der Irre, der Brüller von Croisset, Maupassant mit seinen Geschichten aus dem Deutsch-Französischen Krieg von 1870/71 und Proust mit seinen Mädchenblüten-Erinnerungen von Balbec-Cabourg aus dem Fin de siècle die Gegend berühmt gemacht hatten? Ein Foto von Flauberts Statue im Hafen neben dem Casino von Trouville befand sich längst in meinen Annalen. Nach der Lektüre von *Sommer 1980* sickerte langsam in mein Bewußtsein, langsam wie Meerwasser in Sand, daß auch Marguerite Duras, die Hochverehrte, das Vorbild sich dort, dort in Trouville schwarze Steine (Felsen: *Les Roches Noires*) ausgesucht hatte, um ihre Schreibzelte aufzuschlagen.

Also Trouville, ob Villa, ob Flat, ob mit Blick aufs Meer oder in die Hügel war offengeblieben. Einmal waren wir sogar einen Schritt weiter gegangen. Hatten Häuser besichtigt, Fachwerk, Stein, Villen und Fischerhäuser und hatten gelernt, daß der Trouviller Stil schmal in die Höhe baute, drei-, vierstöckige Häuser, pro Stock ein, zwei Kemenaten, um eine steile, endlose Treppe gruppiert. Garten? Häuser in Trouville haben keine Gärten. Im besten Fall ein winziges Vorgärtchen. Es waren Häuser für Familien, die ganze Tage am Strand verbringen wollten, Häuser für Künstler, die Platz für Ateliers, Depots für Arbeiten benötigten, ausgelagerte Bestände, Häuser für Menschen, die Häuser bewohnen, vielleicht am Meer spazieren wollten – aber nicht mit Rosen und Gardenien einziehen und

Sommertage im Garten lesend & schreibend & essend & trinkend verbringen wollten, und das Meer wäre gleich um die Ecke zu hören. Einmal waren wir noch einen Schritt weiter gegangen. Kein Palast – eine Hütte. Aber was für eine entzückende, winzige, *cosy* Hütte. Mit allem bereits ausgestattet: mit winzigem, gepflasterten Hofgärtchen, an den Mauern Spaliere, Rosenbüsche, Schneebälle, Platz für einen kleinen, eisernen Gartentisch mit vier Stühlen. Eine Küche, eingerichtet wie eine Schiffsküche, mit Seestichen, Steuerrädern, Landkarten, Spiegeln, Flaschen mit Schiffen. »Fehlt nur noch der Schiffszwieback und Stockfisch«, sagte ich, aber der Herd rief nach normannischen *tartes aux pommes* und der Tisch nach Calvados-Nächten. Ein Apfelbäumchen – gab es nicht im Gärtchen. Aber einen Kamin, im Entree, das zugleich Salon war, der Boden mit Kacheln gepflastert, in Blau-Weiß. Blau – war nicht meine Farbe, auch die Läden des Häuschens, die Tür waren blau, himmelblau, *à la normande*. Meerblau, Wasser-, Schiffsblau? Auch die Küche, die Öfen, Schränke – blau. »Oh – Blau-Grün ist auch eine alte Kombination von mir, wir können es nehmen.« Denn der Hausrat für Das-kommt-in-die-Normandie war grün. Grüne Lampenschirme, grüne Sofas, grüne ägyptische Betten – machen wir doch ein Häuschen im Seefahrer-Kolonialstil daraus. Das grüne Sofa kommt links an die Wand, das grüne Aquarell von Herbo an die Wand gegenüber. Das war das Erdgeschoß. Wir stiegen hinauf. Auch hier eine kleine gewendelte Treppe. Auch im Bad – nirgends waren *traveaux* nötig. (Wie in anderen Häusern, man hätte manche von ihnen ausschachten müssen und nur die – renovierte – Fassade behalten.) Ein Zimmer zum Garten – welcher Blick, des Morgens: Ins Gärtchen und über die Mauer und über Dächer – hin zum Meer! Nachmittagssonne, mein Favorit. Anderthalb Zimmer zur Straße. Die Straße war still, Guillaume le Conquereur, kein Tourist würde sich hierher verirren. Kein Café, keine Boulangerie. Ein altes Kleinbürger-Fischer-Viertel in der Höhe der Kirche. Einen Steinwurf weiter eine *école maternelle,* ein altes Gebäude aus rotem Backstein, ein Schulhof mit riesiger Platane – lärmende Kinder? Die Straße war still. Stieg man zur Stadt hinab, war man in zwei Minuten am Fischmarkt. Und unterm Dach – Kinder hatten wir nicht – lagen Matratzen und Spielzeug. Also: Depot. Für Bücher, ein Gästebett, für Wintermäntel im Sommer. Objektiv, vernünftig die Wahl? Die Wendeltreppe? War nicht sehr hoch. Ein Hindernis für Hüftlahme. Trotzdem: Es ging das Treppchen hoch, und wir waren begeistert. Besichtigten es noch mal – *chauffage? Central, individuel?* Wir zahlten die zehn Prozent an, die gefordert waren. Wir strichen ums Haus, am Abend, am Morgen. Der Besitzer, so hieß es, hatte ein größeres, schöneres Haus gekauft, direkt am Meer. Wir warteten, Woche um Woche. Schließlich zog der Verkäufer sein Angebot zurück. Juristisch – durfte er nicht zurückziehen, ohne uns die zehn Prozent zu zahlen. Aber wir waren großzügig. Und in *Figaro Madame* stand ein paar Wochen später ein Artikel mit Fotos – über »unser« Häuschen. Wir erfuhren, daß es Karl Zéro gehörte, einem Fernsehentertainer, der sonntagmittags Sketche vom Stapel ließ. Alles zéro, alles null?

In Gedanken richteten wir weiter die Normandie ein. Eine Bibliothek mit Büchern, Autoren rund um die Normandie. Historisches, Belletristisches. Wir kauften Bilder, die in Paris an den Wänden hängen, von Marine-Malern aus Honfleur, von Herbo, von Bouyssou. Wir hatten einen langen Tisch, eine Kommode, eine Truhe, ein Buffet, sogar einen Schreibtisch Stil Louis XIII – alles aus Weichholz, immer für Nebenwohnungen gekauft, die Hauptwohnungen waren in Mahagoni gehalten. »Das kommt in die Normandie«. Kurz: die Möbel, der Hausrat unserer Nebenwohnungen, in Frankreich, in Deutschland. Inzwischen waren wir in Paris halb Nebenwohnung (helle Möbel), halb Hauptwohnung (dunkle Möbel). Geschirr, Landhaus-Geschirr, hatten wir auch schon. Nicht zusammengestückelter Hausrat – nein, Fayencen, bemalt, aus Gien, von Villeroy & Boch, denn: Der Stil in der Hauptwohnung war monochrom, war uni. Im Landhaus konnte ich mit Emblemen auf Porzellan spielen: Füllhörner, Phönixvögel. Es wurde dringend, der Ausweg aus dem Pariser Streß: Cidre, Calvados, eine Stunde im Liegestuhl. Es wurde dringend: Neulich war er (nicht ich) laut schimpfend über die Place de la République gerannt, Haßtiraden gegen den Pariser Verkehr, das Blech, die Massen ausstoßend, Drohungen: »In Paris gehe ich nie mehr aus, hier kann man nicht leben, schon gar nicht mit Hund, kein Bus, kein Taxi nimmt uns.« Und ich? Hatte eine Allergie nach der anderen, Haut, Bronchien, chronischen Husten, *la pollution* ist schuld, heißt es. Also dann, auch wir, die alten Möbel, »ab in die Normandie«.

Katakomben

Nüchtern betrachtet, gibt es noch Orte, wo die *Gesänge des Maldoror* von Schatten gesungen werden – wenn die Wasserspülung funktioniert, die Kette klirrt, das Wasser rauscht im Kaskadenschwall, Wasserfall über flache Porzellanbecken mit den zwei Fußsenken, keiner, der mit trockenen Sohlen aus solch Pariser Kabinetten herauskäme. Hygiene hat hier noch nicht die Form einer automatisch wechselnden Brillenhülle angenommen. Wasser genügt, wenn wir bedenken, daß fließendes Wasser für uns schon archaisch ist. Pariser Stehklos – wie hygienisch sind sie, was Tripper, Syphilis, Aids betrifft, um von den alltäglicheren Molesten zu schweigen. Bald werden sie verschwunden sein von der Karte der Pariser Verwaltung wie die offiziellen Pissoirs, die nicht den Hütern privater Etablissements, sprich: Cafés, unterstellt sind. Das Café – Oberwelt, Unterwelt, wie viele Eurydiken gingen nicht dort auf dem Gang in die Tiefe verloren. Es gibt Labyrinthe dort unten, hat man die steile, gewundene Treppe erst überwunden – neulich erst geriet ich in eins, im Marais. Oben: Ein kleiner Raum, ein paar Tische, ein Restaurant für Insider, die ihren *lunch* dort einnehmen (*déjeuner* sagt dort keiner), ein paar Spiegel und Palmen, ein postmodernes, nüchternes Restaurant für den Tag. Unten: Fluchten von Räumen, im Dunkel, tiefe Clubsessel, Rauchtische, erinnern an die fünfziger Jahre, menschenleere Fluchten, ohne Licht, ohne Fenster, das Licht fiel über die Stiege, in der Nacht sähe hier keiner die Schäbigkeit, Flecken, sicher gäbe es dann gedämpftes, violettes Licht und schweigende Orgien, strengstens kalkuliert, Opiumhöhlen, der Rausch würde genügen, Renovierung wäre überflüssig, und welche Razzia ahnte von diesem Etablissement – das Resto war oben, chic und nicht zu teuer, hier essen junge Angestellte und alte Intellektuelle. Wer inspiziert die Örtlichkeiten? Frauen bekommen dort unten Vergewaltigungsalpträume. Aber die Neugier erkundet das Labyrinth, schlafend, verkommen bei Tag. Paris – unterhöhlt. Wer spricht von Städten auf Pfählen? Unterhöhlt von alten Steinbrüchen, unterhöhlt von Métroschächten, Stadtautobahnen und Tausenden von Katakomben, in denen ein Ethnologe Höhlen der Frühzeit witterte, die obszönen Graffiti nicht nur Underground-Primitivkultur, sondern den sprachlosen Wandmalereien der Höhlen von Lascaux vergleichbar. Tierbilder gibt's immer wieder, Mumien, Köpfe mit Helmen, Phallus nach Phallus und Frottagen: Geldscheine, Schallplatten, wieder Köpfe, von Diktatoren, Wortkunst daneben I wanna meet you / Fuck yourself / Nick la police. Die Inspektoren dürfen resigniert mit den Achseln zucken, am Ende des Gangs gibt's einen Geheimausgang, die Überraschten fänden noch einen Ausweg, dies Labyrinth wird von oben herab bestiegen, und man klettert im Notfall durch den Geheimausgang wieder heraus. Sicher, es gibt im langen

Gang ein Waschbecken, einen Spiegel, es gibt, pro forma, zwei Cabinets, welches für Männer, welches für Frauen, keiner weiß es. Das ist die schäbigste Variante – zu einer abgegrasten Philosophie der Kehrseite. Es gibt sie noch, die Kehrseite, auch wenn wir auf Romantizismen (Apachen-Paris) und das Faszinosum von Kriminalität und Drogen verzichten. Faszinierend: Diese unheimlichen Labyrinthe, die einfach vorhanden sind, weil der Patron nicht das Geld hat, das Restaurant auch einen Stock tiefer in Schuß zu bringen. Und im Cabinet genügt ein (rostiger) Riegel. Kein Münzautomat, denn Garderobieren zum Geldwechseln gibt es hier nicht. Auch die Gerüche halten sich immer in Grenzen – es gibt ja Wasser, auch wenn Besoffene grundsätzlich daneben pinkeln, und es doch nach Urin und Parfum riecht, das man gerne den Nutten andichtete, wenn nicht die meisten gängigen Parfums heute zu schwer wären. Unausrottbar. Aus Haut und Haaren und Wänden. Wenigstens gibt es keine Hygiene-Wässer, Duftsprays – der verordnete Wohlgeruch aus dem Supermarkt ist noch deprimierender als der Gestank der Kippen auf dem Boden und dem Wandkästchen, in dem Klopapier liegen sollte. Also: Keine Münzen, kein Klopapier, ab und zu eine Lache, die von einer Schnapsleiche hinterlassen wurde – das ist das wahre, lebendige Paris an den Wurzeln der Existenz. Artaud – muß nicht mehr zu den Tarahoumas auswandern, Pisse, Scheiße und Blut mischen sich hier und Sperma, neben dem Telefon, dem Automaten mit Kondomen. Und die »Toilette«? Kein Weib würde sich hier die Lippen nachmalen, die Nase pudern, die Haare toupieren. Katakomben sind nicht komfortabel, Wasser gibt's – keine Seife, kein Handtuch. Finstere Gänge, hier treiben Gespenster unserer Träume ihr Unwesen. Durch die Wände hört man den Höllenlärm: Maschinenbau, unterirdisch, erschütternd, die Raserei der Métro und der Autoschächte, das *Abseitige* ist außer für Literaten von gestern, mischt sich mit dem Normalen (dem alltäglichen Wahnsinn). Das Normale – strahlende, unterirdische Luxushöhlen, marmoriert, mit Rezeptions-Glashaus für die Garderobiere. Münzen für Telefon, Cabinet, Musik ist zu hören, aus unsichtbaren Lautsprechern, ovale Waschbecken, glänzende Hähne, ein Mädchen in weißem Schürzchen wischt nach, Handtücher und Papier gibt's in Fülle – nur: Hier ist es peinlich, wenn die Damen sich vor dem einzigen Cabinet drängeln, vertrödeln wir unsere Zeit vor dem Spiegel, etwas *Joy* von Patou hängt in der Luft, und man findet nicht eine einzige blutige Binde und keine Kippe. Das andere Extrem? Hier herrscht das Peinliche und dort – ist nichts peinlich. Höchstens gefährlich. Aber auch in der unterirdischen Luxushöhle verirrt sich der mißratene Sprößling einer nicht-ruinierten Industriellenfamilie im Drogenrausch in den Spiegel, sein Zerrbild, und sieht mit Feuer geschrieben: *Gesänge des Maldoror.*

Tea for Three

Einst – das *once upon a time,* mit dem Geschichten anheben – hatten sie einen T-Club. Er war nicht ganz so erlesen, so dekadent, so verschnarcht und zeitungsknisternd wie das Athenaeum oder der Reform Club des alten London. Aber es gab zerkratzte Ledersofas, eine Bibliothek aus Mahagoni und ein minutenlanges Schweigen, wie das, in dem sich auch die Herren in hochgeschlossenen Westen vom Getriebe der City erholten. Doch roch die Luft nicht nach Dunhill-Tabak und ausgeglühten Pfeifen, statt dessen nach Tee und nach Port. Sie hatten in Frankreich, Paris, die Grundregel durchbrochen und eine Frau zugelassen, die unter dem Anagramm ihres Namens als *Tergrün* eingetragen war. Die beiden anderen Mitglieder traten auf unter den Titeln *Twilight* (der zwielichtige, der luftige Airedale) und *Thoby* (der tobende Cavalier King Charles). Thoby verfügte über einen Stammbaum mit drei Ahnengenerationen, doch Twilights Herkunft blieb im dunkeln. Keiner wußte, ob sich in dem friedfertigen Ausdruck nicht ein Pokergesicht verbarg, die Seele eines Scarlett Pimpernell, der seine Blödigkeit als Tarnung für revolutionäre Umtriebe im englisch-französischen Untergrund aufsetzte, in den neunziger Jahren des 18. Jahrhunderts.

Der T-Club, der sein Emblem den Anfangsbuchstaben seiner Mitglieder verdankte, fand statt als Tee-Club, denn er tagte stets donnerstags, eine halbe Stunde nach *five o'clock* zum Tee. Hunde und Tergrün auf Sesseln und Sofas verteilt und seltsame Konversation betreibend, denn der eine der beiden Typen, Thoby, verfügte nicht über Sprache in englischen, französischen oder eigenen Worten, war also ganz hundegemäß ohne Rede und völlig real, während der andere, Twilight, zwar sprechen konnte, aber unsichtbar blieb in der Tarnung, und damit ganz englisch *seltsam:* Was die Statuten des Clubs betraf, so überwog zunächst das englische Element: Das Faible für Hunde, für Tee und die *maladie anglaise,* jene höhere Form von Langeweile, die mit hochgezogenen Augenbrauen und nach der Vorschrift des *no comment* noch die seltsamsten Geschichten aus der Realität zur Kenntnis nahm. Ob sie sich vom Lebensüberdruß der Ästheten verabschiedet hatten, bleibe vorläufig dahingestellt, denn beide Hunde waren keine Nutztiere, weder Jagd- noch Wach- oder Hütehunde, sie waren *company & toy,* (unsichtbarer) Begleiter und Spielzeug. Das Jagen war verpönt – nur an heißen Tagen war das Schnappen nach Fliegen gestattet oder an kalten das Aufstöbern einer in den vierten Stock verirrten Maus. Da das Jagen verboten war, war es auch die Farbe des *hunting yellow,* eine Farbe, in der die sterbende *upper class* ihre wollenen Westen getragen hatte. Bei manch späteren *reunions* von jüngeren Advokaten und Bankern hatte man sie gleich fünffach als ein Erkennungssignal antreffen können. Das Verbot der Farbe Gelb betraf nicht antiquarisch erstandene *yellow books,* eine Serie erotischer Literatur, die einst, noch vor diesem Einst, unterm Ladentisch verkauft wurde und in der die verschiedensten Formen der Perversion verhandelt wurden, zusammengefaßt unter dem Begriff der Sodomie.

(Zur Zeit dieses Einst, sie schrieben das Jahr 1995, hat Tergrün die Phase dieser Lektüren mit der Verfassung eines erotischen Traktats abgeschlossen, dort allerdings herrschte die Farbe Schwarz.)

Über Cavaliers King Charles gibt es nicht viel zu berichten, abgesehen davon, daß sie das Pech hatten, von Maria Stuart als Lieblingshunde geführt zu werden und deshalb mit dem Tod durch Köpfen leben zu müssen – treu bis ins Grab vergruben sie sich in den Kleidern der Hingerichteten. Vielleicht hatten sie deshalb für die Dauer ihres Geschlechts jenen melancholisch kugeläugigen Ausdruck angenommen (erstaunt vor so viel Tod), der im Unterschied zu den anderen Kugeläugigen, den Möpsen, die pittoreske Unverschämtheit und arrogante Mißgelauntheit vermissen ließ. Sie sind, eine aristokratische Tugend, nie schlecht gelaunt, sondern *gentil,* freundlich, wie kleine *gentilhommes.* Gäbe es diesen englischen Witz, so tauchten die King Charles zuerst nicht in der Realität auf, sondern auf Gemälden aristokratischer Familien, vornehmlich als Spielhunde für die Kinder, so auf verschiedenen Porträts der Kinder Charles' I. von van Dyck (um 1630). Ihm und Charles II. verdanken diese *Toy Spaniels* mit ihrer pekinesenhaften Flachnase angeblich ihren Namen. Später löste sich das Motiv des Hundes im Porträt in ein eigenes Sujet auf: Im *Dog Painting,* einer

Abart der exzentrisch-kindischen Vergnügungsformen der englischen Rasse, mit der das viktorianische 19. Jahrhundert sich dilettantisch die Zeit vertrieb.* In ideale Landschaften gestellt, auf drapierten Hermelin, auf faltenwerfende, purpurfarbene Samtdecken und in Pastelltönen changierende Seidenstoffe gelegt, erscheinen die Kings den nachkömmlichen Betrachtern als Inkarnation des effeminierten, zuweilen ein wenig ins Dickliche gehenden Geschmacks der Edwardians, als Darling des Prince of Wales. Doch sie wechselten durch die Epochen das Aussehen, ein wenig Orlando, ein wenig Chamäleon, zwischen zierlich federgewichtiger Gestalt, pekinesenhaft maskiert, zu majestätischer Größe mit schwerem länglichen Haupt.

Man vermutet, sie wurden zuerst aus Spanien eingeführt, als Mitbringsel von Handelsreisen, Raubzügen und Abenteuern zur See unter Elizabeth I. Nach den Charles I. und II. und James II. waren sie die Favoriten der Marlborough und zierten Mantel-und-Degen-Legenden, wonach einer, auf dem linken Arm des Ersten Duke sitzend, am Gefecht der Battle of Blenheim teilnahm, das sein Herr mit rechter Hand ausführte.

Gefechte gab es bei Tergrün nur mit der Feder, denn Thobys Rasse war ursprünglich nicht ihre Wahl, sondern der Vorschlag ihres ebenfalls mit der Federspitze ins sich unter den Buchstaben kräuselnde Papier stechenden, *so called: partner*. Auf dem Land, neben einer *Malmaison*

* Die Samuel Raven, Samuel Spode, Henry Bernard Chalon, Abraham Cooper, Gourlay Steell, Richard Ansdell, John Dalby, Edwin Frederick Holt, William Nedham, Arthur James Stark, Frederick Hall, Maud Earl, Mary Lascelles Leesmith und Philip Eustace Stretton.

genannten, abgeschlossenen Parkanlage mit Landhaus – nicht zu verwechseln mit der gleichnamigen von Joséphine de Beauharnais –, fand sich eine kleine Zucht, und Thoby wurde als *tricolore* (schwarz, weiß, braun) gewählt: direkter Urenkel von The Honorable Hilarny The Don, der würdevolle Distanz ausströmte, den pompösen Blick umrahmt von überlangen Ohren wie von einer schwarzen Allongeperücke.

Auf dem Weg nach Paris erbrach sich der kleine Thoby in die Polster des Zuges, setzte auf dem Bahnsteig zaghaft keinen Fuß vor den anderen und verweigerte die Ankunft zehn Tage lang mit grünlicher Diarrhöe. Er bekam kleine kugelrunde Schalen, die zuvor gekauften Freßnäpfe aus Plastik verschwanden als viel zu vulgär, er lehnte ein für allemal eine unstandesgemäße Ausstattung ab, die gemütlichen Umhüllungen, die Mäntelchen, die Stiefelchen, die Haarspangen, die Glöckchen am Halsband. Das Collier, die Leine, sie mußten von leichtestem Gewicht sein, das Bürsten, Kämmen und Waschen blieben nur selten gestattet und den festen Platz (»Hundeplatz«) lehnte er ebenfalls ab. Frei schweifend zwischen seinen Lieblingsplätzen auf Marmor und Kacheln in der Küche, hatte der fünfmonatige Thoby bereits zwei schwarzgelackte Weidenkörbchen zerbissen, die neumodische Version schaumstoffgepolsterter Körbchen hatte ihm ohnehin keiner anzubieten gewagt. Sein Spielzeug waren ein kleiner Clown aus Stoff mit Krausenkragen (ganz elisabethanisch) in indischem Muster, ein mit Watte prall gefüllter Socken(körper) an langem Band, Bällchen, Knochen, Schuhsohlen und ein quiekender Rugby aus Kunststoff.

Er entwickelte sich ganz unaristokratisch zu einem Pariser Pflasterläufer, der seine Herrin an der Leine hinter sich durch die Straßen zog, sich in der freien Natur langweilte, zum morgendlichen Croissant in die Cafés des 20. Quartiers drängte und jeden Besucher mit dem stürmischen Enthusiasmus und der siegesgewissen Naivität verwöhnter Kinder begrüßte. (Daß er nur im Sinne konventioneller Hundeerziehung verwöhnt war, wird sich noch zeigen.) Doch seine Überschwenglichkeit, zur Beruhigung gesagt, hatte nichts mit den Tollwutanfällen zu tun, wie sie immer noch in Nord-Ost-Frankreich vorkamen. Thoby bekam jährlich die Spritze, sein Ursprungsland war ihm dennoch verwehrt, England fürchtete diese Pest wie ein altgehegtes Trauma und legte zwischen sich und den Besuch vom Kontinent eine sechsmonatige Quarantäne.

Die Begegnung mit Twilight fand auf einem Square statt, dem Square Willette unterhalb von Sacré Cœur am Hang gelegen, an einem späten Augusttag. Der Umzug von Deutschland nach Paris hatte einen hauchfeinen Riß hinterlassen in Tergrüns Psyche, feiner als der Luftzug, der über den gesprengten Wegen des Squares wehte. Der aufgeklärte Leser mag mit uns übereinstimmen, daß bei Wechsel des Wohnsitzes Risse in der modernen Psyche legitim sind, aber die folgenden Ereignisse ließen den Riß als ein psychotisches Drama erscheinen, das der psychologisierenden Interpretation der Pariser Freunde zustatten kommen sollte. Wer sonst redete – wie in einem amerikanischen Stück über einen unsichtbaren weißen Hasen namens Harvey – mit imaginären Begleitern. Tergrün, Mißverständnisse gewohnt, hielt sich an Apollinaire (weniger an Lacan oder Freud) und behauptete, das *jamais réel mais toujours vrai* bezöge sich auf das Imaginäre im Leben vieler Künstler und verteidigte ihre Gesellschaft, die die Seele sich gesucht hatte. Ein großer Airedale saß neben der Bank, auf der sie las, während ein junger Mann neben ihr sie ansprach und einen französischen Kriminalautor empfahl, John Fonte, erschienen bei Bourgeois, auf dem Cover ein Schwarzweißfoto der *Série Noire*. Twilight war keiner von den hageren Airedales mit ziegenbartähnlichem Fell unter dem Kinn und dem Aussehen eines ältlichen Besuchers von Golfplätzen und Pferderennen mit Schirmkappe, er hatte einen rechteckigen, kastenförmigen Kopf mit etwas gedrückt wirkenden, zu kleinen Augen und hätte der Bärenersatz einer ins *Wonderland* regredierenden Alice sein können, wenn Tergrün, die den Kopf beim Zuhören stets schräg hielt, das ganze Kindchenschema nicht auf den Mond gewünscht hätte. Er trat nicht als Gefährte zu Spiel und Rede auf, sondern als Adressat ihrer geistigen Pirouetten, erfunden aus leeren Augusttagen und den häufigen Abwesenheiten des Partners – übrigens nicht nur auf Bänken, sondern auch auf stundenlangen Spaziergängen quer durch Paris, denn Airedales sind die zähesten Geländegänger. Solange der Zutritt zu Hause nicht in Frage kam und die Begleitung sich nur auf Straßen und Plätzen einstellte, ging die Sache noch an. Wie in surrealistischen Romanen fand sie ihn am Fuß einer Treppe oder neben einem Brunnen vor. Aber mehr und mehr fand er sich auch zu Hause ein, wenn auch die Literatur über Airedales spärlich und lakonisch vermerkte, der Airedale, ca. 1850 auftauchend in Yorkshire, verweise auf keine heraldisch bedeutende Linie in die Vergangenheit. Auch stellte Tergrün seufzend fest, daß die Ruhe, die sie ihm unterstellte, die Geduld, die zarte Seele, die Zurückhaltung des Gentleman, die abgewogene Mischung aus Natur und Kultur, kurz, daß die Fiktion des gezähmten Landedelmannes nicht ganz so erlesen und melancholisch dekadent aussah wie die Abbilder des Wire Fox Terrier, die sie in ihrem Dog-Painting-Katalog vorfand. Aber sie stand auf Braun-Schwarz, eine Mischung, die sie selbst für ihre Kleidung bevorzugte, dichtete ihm einen kompletten schwarzen Rückensattel an und hängte ihm eine schwarze Krawatte um, wenn sie das Café de Flore betraten. Immer öfter aber saß er ihr im Weg, wenn sie ihn nicht brauchen konnte – der Zauberlehrling-Effekt, wie ein Besucher aus Deutschland boshaft bemerkte –, blickte in ihre Kochtöpfe, kritisierte ihre Haushaltung, Schreibführung und Lebensweisen. Er leierte ihre Wasserkräne aus, ließ den Hörer des Telefons (für den Anrufer: besetzt) verrutschen, verstopfte Abflußrohre und löschte mit knallenden Kurzschlüssen Lampen und Heizstrom, ließ Briefe und Schlüssel verschwinden, Fenster und Türen klappern und zuschlagen und setzte sich schließlich als Nachtmahr, verwandelt zum Höllenhund, Aufpasser, Quälgeist, der in den Träumen in Tränen gewaschenen Tergrün auf die Brust. Imaginäre Quälgeister ließen sich nicht mit der Polizei schnappen, nicht von Tierärzten einschläfern und erst recht nicht domptieren. Um den psychologisierenden Deutungen Tribut zu zollen, verlagerte Tergrün das Problem also in die eigene Psyche und suchte über die Jahre drei verschiedene Therapeuten auf, denen sie das Problem auseinandersetzte, von phantastischen Erscheinungen verfolgt zu werden. Es blieb bei ein oder höchstens zwei Sitzungen – und die phantastische Kette riß auch hier nicht ab: Vom ersten wurde sie als Überlastete abgewiesen, der die Erscheinungen aus den eigenen Texten auch in der Wirklichkeit in die Augen sprängen. Vom dritten versuchshalber ausgerüstet mit einer Einweisung in eine psychiatrische Abteilung (die sie nie betrat), und vom zweiten zunächst mit einem Psychopharmakon gegen paranoische Schübe versorgt (das sie in den Müll warf) und dann telefonisch an einen Pariser Kollegen verwiesen, dessen Adresse sich nach langem Umherirren in der Gegend um den Parc Monceau als die eines Veterinärs herausstellte. War Tergrün nun selbst – ein Hund? Sie zerbrach sich den Kopf über das alte Sprichwort, schlafende Hunde solle man nicht wecken. Twilight war wach gewesen, am Square Willette, und so beschloß sie, auf das romantische Doppelgänger-Motiv zurückzugreifen, gegen Benjamins Diktum, ein romantischer Kopf setze nie die dialektische Optik ein, die das Wunderbare mit dem Wirklichen verschränke, denn er sehe am Wunderbaren nur das Wunderbare. Der Hund der Alpträume war das unheimliche Double des Tagbeisitzers, wenn sie auch einräumte, daß die Grenze zum Unheimlichen schon auf dem Square Willette überschritten sein mochte und sich wie in britischen Filmen auf den Sohlen (Pfoten) der Idylle eingeschlichen hatte. Sie machte den Versuch, den Teufel mit Beelzebub auszutreiben, und verlangte, einen echten Airedale zu erstehen. Der Partner war dagegen: Ein Airedale sei zu groß für die kleinen Pariser Räume, zu hundemäßig, denn er selbst verabscheute nicht nur die ungemäßigte Natur, sondern hatte auch den Biß eines Schäferhundes zu erinnern, als Kind. Der King Charles war künstlich, fast so künstlich wie Baudelaires Schildkröte. Tergrün akzeptierte, und der Partner wurde mit Thoby zum größten Hundenarren, der mit Hut, Zeitung und Hund zum quartierbekannten Original aufstieg. (Die Leute nannten ihn: *The Best.*) Tergrün lag noch im Bett, wenn die beiden ihre Morgenrunde drehten, und der Brusthocker blieb.

Drei Jahre später kam sie auf den Einfall, den T-Club zu gründen, ein letzter Versuch, den Dämon mit echt englischem High-Tea zu vertreiben (keine Neuauflage der *Gothic novel*). Sie warf eine Visitenkarte mit der Einladung in den Briefkasten, adressiert an Twilight, *l'ami ténébreux,* und er erschien pünktlich mit einem Päckchen im Maul, das Gastgeschenk, *a little gift,* als Wink mit dem Zaunpfahl, denn ausgewickelt war es ein *talc powder* (Körper-Talkum-Puder), Calèche von Hermès, und Tergrün übersetzte *talc powder* weniger ins französische trocken (nüchtern = *sobre*), auch nicht als trocken (zu legen) hinter den Ohren, sondern als Vorschlag für die Form des Jour Fixe: Eine Talk-Show, in der der unsichtbare Zuschauer von einst als Gesprächspartner teilnahm.

Es war 5.30 p. m., Donnerstag, und der High-Tea war nach alter Regel salzig und süß. Süß waren die (nicht *comme il faut* zugelassenen) Petits Fours, die Muffins und der englische Teekuchen mit roten kandierten Kirschen. Salzig waren die Cucumber Sandwiches, die wie ausgestochen hauchdünn auf einem Blättergrund lagen, der auf einem Tablett ausgebreitet war. Portwein und Sherry standen in Karaffen daneben, und schließlich der Tee. Zugegeben, im Alltag und in der Eile zwischen zwei geschriebenen Seiten nahm Tergrün oft Zuflucht zu Teebeuteln, die sie gleich in die Tasse warf. Auch begnügte sie sich dann mit Liptons, der im Regal beim Araber an der Ecke zu kaufen war. Donnerstags aber wurde er, in einem speziellen Gewürzladen in der Rue des Pyrénées gekauft, vorschriftsmäßig aufgegossen (wie in Katherine Mansfields Erzählung *Psychology*): Die Kanne, Steingut von Wedgewood mit Weinlaub, *Stratford* (die silberne Kanne, die sie zum Vierzigsten bekommen hatte, war leider leck) wurde mit heißem Wasser vorgewärmt, der Tee lose in die Kanne geworfen, pro Tasse ein Löffel *(one silver spoon)*, ein zusätzlicher für die Kanne, und sofort mit kochendem Wasser aufgegossen. Welcher Tee? Es gab viele Sorten, aber zu Spezialisten wurden sie trotzdem nicht: trotz Tee-Club und einem Laden in der Rue du Bourg-Tibourg, wo es neben Hunderten von Tees aus Ceylon, Indien, Rußland, Persien, China, auch silberne Teekannen zu kaufen gab, Tee-Eier, Teesiebe, Geschirr und Bücher über die Geschichte des Tees. Trotzdem: Da sie eigentlich nur Earl Grey mochten (mit dem Zusatz von Bergamotte), das heißt Tergrün, denn die beiden anderen stürzten sich auf die dickflüssige *cream* und grob gewürfelten *sugar*. Sie hatten einige höchst anmutige, weil überflüssige, Einlagen mit Debatten über Lapsang Suchong und Darjeeling und Orange Pekoe, nur in einem Punkt waren sie sich einig: in der Ablehnung des deutschen Schwarzen Tees (meist Ostfriesen-Mischung). Eine Zeitlang erwogen sie auch, ob sie vom klassischen Mansfield-Schema abweichen und Tee-Eier, Teehäuschen oder Stoffsiebe verwenden sollten. Tergrün vertrug den starken Tee nicht, jedesmal stieg eine Welle von Übelkeit in ihrem Magen hoch, ob vom Thein, ließ sich nicht sagen, aber sie hielt eisern an der Tradition fest. Connaisseure also waren sie nicht, doch was den Portwein betrifft, so hatte sich Thoby schon als Welpe (*chiot,* wie es in Frankreich hieß, und *puppy,* wie es im Buch des englischen King-Charles-Züchters stand) über ein herumstehendes Glas hergemacht und schlapp schlapp sich den ersten Rausch angetrunken – der aber ausblieb, zumindest Tergrün konnte keine Wirkung des Alkohols feststellen. Da Thobys Herkunft einige Manierismen oder Tribute an die Chinoiserien des 18. Jahrhunderts zugelassen hätte, dachten sie eine Weile an den Kauf hauchdünnen chinesischen Porzellans (wie es im Chippendale-Glasschrank ihrer Großmutter, in der bourgeoisen 19. Jahrhundert-Version, ausgestellt gewesen war). Es hätte zu weit geführt – Thoby begnügte sich, hätte es auch, wie er sonst Zeitungen zerriß, zerbissen wie Pergament. Auch die Anschaffung chinesischer Lampen mit weinroten Porzellanfüßen auf schwarzem Holzsockel und rohseidenem Pagodenschirm wäre für *donnerstags only* zu aufwendig gewesen (man denke auch an die mittellosen Schriftstellerinnen wie Sitwell oder eben Mansfield bei ihren rituellen Tee-Einladungen), zu wenig *understatement.* Das war das Stichwort für Twilight, dessen

Zwielichtigkeit direkt von den schottischen Hochmooren herüberzuleuchten schien – er war recht entfremdet in diesem kleinen städtischen Salon, aber er schwieg höflich, fiel den anderen nicht zur Last mit Klagen über seine Entfremdung oder mit Dudelsack-Gesängen über die ferne Heimat. Und während Thoby mit heftig wedelndem Schweif und funkelnden Augen seine Unruhe und Ungeduld zum Ausdruck brachte, hörte er sich Tergrüns Kurzfassung an über Kipling & Co., die Geschichte des englischen Seehandels, der Bostoner Tea-Party, die im Meer schwimmenden Teepäckchen während der Blockade im Kampf um die Unabhängigkeit, über halbdunkle Schiffsbäuche mit trockengehaltener Luft, gefüllt mit Säcken und Dosen und Fässern und Lagen indischer Tuche. Denn mit dem Bezug zu Indien stand es besser: Tergrün hatte einen alten geflochtenen Rohrsessel mit indischem Muster erworben, er war kaputt geliefert worden, und Twilight saß nach der Reparatur so vorsichtig darin wie der Elefant, der fürchtet, er würde der aus dem Porzellanladen. Die Teeblätter schwammen in den Tassen, denn kein noch so silbernes Teesieb vermochte sämtliche Blätter beim Eingießen aufzufangen, und Twilight blickte bei Tergrüns Ausführungen versonnen in den blätterdurchzogenen Teespiegel, als vermöchte sein philosophisches Temperament aus dem Rätsel der Teeblätter das über die indischen Weltwunder zu lösen. Auf dem kleinen versilberten Tisch neben dem Sessel – Flecken von Messing und Grünspan zerfraßen die dünne Auflage auf der Fläche, die als Tablett mit zwei Griffen abzuheben war – lagen die *Tee-Nachrichten,* ein dünnes Blättchen mit Meldungen aus den weltweiten Kreisen der Fanatiker. Stockte die Unterhaltung, so reichte Twilight Tergrün die Zeitung zum Vorlesen, und eine Weile waren sie damit beschäftigt, über die Herkunft des Namens der Teerose zu diskutieren. Bevor sie die gedruckten Vorschläge zu Ende gelesen hatten, war wieder die Brücke zu Frankreich geschlagen und Mallarmés Motiv der Rose gekoppelt mit seinem *Würfelwurf: Rose de thé / un coup de dés,* eine ihrer Erfindungen nach den Regeln der freien Assoziation. Die hauchzarte Farbe der gelblichen Teerose, die im Welken über ocker zu teebraun überging, hatte ebenfalls, neben der *rose redoutée,* als Stich den Salon der Großmutter geziert und galt als schönste Hautfarbe für junge Mädchen. Die Teerose war längst museal und nicht mehr käuflich, so kaufte Tergrün als Ersatz *Sutters Gold* (eben: kein Gelb), auf deren Blütenblätter der alles zerreißende Thoby scharf war, während Twilight einen Zweig mit abgaswiderständiger Hundsrose & Hagebutte mit auf den Weg bekam (wohin er auch gehen mochte, wenn die Tea-Time zu Ende war).

Tergrün, die unter dem Einfluß des Portweins zuweilen zu singen anfing (falls sie nicht mit Thoby tanzte und im Kreiseln taumelnd in die Scheibe des Bücherschranks flog), summte den Anfang von *Tea for Two,* doch schaffte sie es bis zum heutigen Tag nicht, den Text umzudichten auf *Tea for Three.* Immerhin, sie sang, ein Zeichen, daß sie ihre frühere Animosität gegen Teetischkonversation inzwischen mit Schwarzem Humor nahm – vierzehn Jahre zuvor hatte sie das Erscheinen der übersetzten *Moments of Being* von Virginia Woolf abgetan als die

Zeitvergeudung einer höheren Tochter am Teetisch, die permanente Teetischkonversation schlage sich auch in den Texten nieder, den runden, den glatten, den harmonischen Floskeln, was auch als Projektion auf ihre eigenen familiär-gesellschaftlichen Tischgespräche gelesen werden konnte. Fünf Bücher später sah es anders aus. Zugegeben, auch in Bloomsbury waren Eltern, Tanten, Verwandtschaft abgeschafft und man redete über Cambridge, die Apostel, freie Liebe und Homosexualität. Hier aber im Salon herrschte der Geist der Kritik – auch wenn Thobys Ohren nicht die Voltairesche Allongeperücke waren –, der *esprit de critique* und ein gewisser französischer Heterogeist. Denn auch, wenn sie sich auf englisch trimmten (wer übrigens schnitt Twilights Fell? Unvorstellbar, daß er an Ketten auf einem Trimmtisch in einem Hundesalon stünde), für das wesentliche englische Phänomen waren sie nicht zuständig, die unter dem Stichwort Sodomie zusammengefaßte Sammlung der Perversionen und Inversionen. Weder für Homosexualität, obwohl Thoby bereits als Hundebaby von den einschlägigen Streunern des Quartiers mehrfach fast von hinten vergewaltigt worden wäre und dies auch freundlich hätte geschehen lassen, wenn die Natur ihren weiteren Weg gefunden hätte. Auch nicht für die Frage, ob Hunde als Liebhaber dienen könnten, wie es einer alten Legende und den frivolen Bildern Fragonards nach vermutbar war. Was die Frage der ungeregelten Heterosexualität unter Hunden betraf, so behauptete Tergrün nach dreijähriger Erfahrung in den Straßen des Quartiers, die hundehaltende Zunft zwinge die Tiere zum lebenslangen Zölibat. Lediglich Zuchtzwecken und dem Zufall verdanke sich ein Coitus (interruptus, häufig, denn in der Stadt werde er schon nach wenigen Sekunden abgewürgt). Die Hunde hätten sich stets zu benehmen wie zu steuernde Maschinen, weggezerrt an den Leinen, ausgescholten, bestraft, geschlagen, werde nicht nur *die* Art von Kontakt kriminalisiert, sondern schon das Beschnüffeln und Sich-Begrüßen. Tergrüns Predigt: Eine Gesellschaft, die nicht nur mit 40 000 Verkehrstoten im Jahr lebe, sondern mit der Unterdrückung und Versklavung der Hunde, sei kollektiv krank. Das Feindbild einer sich wie Kaninchen vermehrenden, die Welt überflutenden Hundepopulation verhalte sich irrational wie ein eschatologischer Entwurf: Logisch verböten sich dann die weitere Zucht und der Handel und Kauf von und mit Hunden. Einstweilen vergoß sie einige Tränen in ihren Tee, wenn sie der letzten Kontaktreglementierungen gedachte, die Thoby und sie auf der Straße erfuhren. Thoby dagegen verschreckte (vielleicht) den anwesenden Gast, wenn er ins Bad lief, sich ein Handtuch schnappte und wie seit Babytagen auf dem Fußboden im Salon vor Zuschauern seinen Liebeswonnen frönte.

Twilight nämlich lenkte ab mit einer Notiz aus der Tee-Zeitung über die Mopssammlung der Prinzessin von Hessen, in Porzellan, versteht sich. Ich verbiete Ihnen, mir einen silbernen King Charles mitzubringen für meinen Schreibtisch, sagte Tergrün, solche Anfänge führen zu den grauenhaftesten Anhäufungen. Und lenkte um auf sein zweifarbiges Fell, schwarz über braun, Jacke über Pullover, und gedachte eines seiner Vorgänger in ihrer Familie, der *Twin-Set* geheißen hatte. Auch er schien das Schicksal der Airedales in Familiengeschichten zu teilen: Weggegeben (die Herrin ließ sich scheiden), wegen Bösartigkeit eingeschläfert (eine andere Geschichte) oder ins Nichts verschwindend (wer wußte, wo Twilight wohnte?). Hätte Tergrün über den Sarkasmus der Schriftsteller verfügt, die sich wie Swift den aussichtslosen Lagen verschrieben haben, hätte sie die schwarze Krawatte aus dem Café de Flore umgedreht als Halsband und kurze Leine bezeichnen können – sie aber dachte ihn sich immer ohne Leine (verwahrlost sah er nicht aus wie ein herrenloser Hund), auftauchend und verschwindend, wie es ihm paßte, ohne je aus der Rolle zu fallen. Thoby dagegen war mit der neuesten Errungenschaft der Hundewissenschaft ausgerüstet – der langen Leine. Sie bestand aus einem kleinen flachen Kasten mit Griff, aus dem Kasten rollte sich eine Schnur bis zu fünf Metern Länge aus, die je nach Abstand zwischen Hund und Herrin wuchs oder schrumpfte. Dem Erfinder der langen Leine wollte Tergrün einen Orden verleihen, nicht nur, weil das ewige Zurren und Reißen an der kurzen Leine, das Bei-Fuß-Gehen so oft wie möglich vermieden werden konnte. Sondern auch, weil sich der Gang durch die Straßen an der Leine als der einzig mögliche in Paris herausstellen sollte. Parks und Squares waren für Hunde geschlossen – das Verbotsschild, an den Eingängen jedes noch so winzigen grünen Fleckchens angebracht (kreisrund mit durchkreuztem Hundeprofil), stieß ihr erst schockartig auf, als sie den auf zwei Händen tragbaren Welpen zum ersten Mal auf den Square bringen wollte, der zwei Minuten entfernt von ihrer Wohnung an der Avenue Gambetta gelegen war. Keine Träume mehr von im Gras schnüffelnden Thobys und auf Parkbänken lesenden Tergrüns. Im Lauf der Zeit brachte sie in Erfahrung, daß im Jardin du Luxembourg sowie im Parc Monceau zwar der Zutritt gestattet war, doch blieb er beschränkt auf einen einzigen Weg, was einer Pervertierung der Erlaubnis gleichkam. Laufen ohne Leine? Möglich im sogenannten Bois de Vincennes, der mit seinen alten Baumgruppen eher aus einer der englischen Parklandschaft ähnlichen Wiese bestand. Es gab auch Grotten und einen See zum Bootfahren, eine Insel mit botanischen Beeten und Restaurants, aber wir reden vom freien Lauf der Hunde. Man nehme ein Taxi – falls eins gnädig ist und *mit Hund* akzeptiert, was im Ermessen der Fahrer liegt, Bus und Métro sind nur für in Taschen transportable Winzlinge erlaubt. Man nehme also ein Taxi und fahre zum Eingang des Bois, der an einer der Pforten von Paris gelegen ist, der Porte Dorée. Auf der Wiese angekommen, empfiehlt es sich, den späten Vormittag gewählt zu haben, zu dieser Tageszeit erfreut man sich der blaugrünen englischen Silhouette der Bäume am Horizont und eines freilaufenden Hundes – frei zum Schnüffeln, frei zur Begegnung mit anderen Hunden. An den Nachmittagen im Sommer und an den Wochenenden ist die Wiese als Freizeitpark übervölkert und zuweilen von Hundehaltern besetzt. Sie benutzen die Wiese als Abrichtungsstätte und führen dort ein militantes Kommando mit riesigen Hunden, die kleine Cavaliers in zwei Runden zu Tode hetzen. Also der späte Vormittag, aber nicht täglich, die Reise hin und zurück dauert 40 Minuten und kostet knapp 100 Franc. Blieben: Die Buttes Chaumont, mythisches Gelände der Surrealisten und oft gelesenes Kapitel von Aragons *Paysan de Paris,* ein unter Haussmann auf Kalksteinbrüchen angelegter Park für das Volk von Paris, in den Anfängen des Sozialstaats ... Eine bizarre Mischung von Hügeln und Tälern, bepflanzt mit Bäumen, Büschen und Bänken, durchzogen von rieselnden Bächen, gekrönt vom Rundtempel auf der Spitze als Aussichtsturm, in der Tiefe ziehen Schwäne auf spiegelndem See ihre Bahn, es gibt Musikpavillons, kleine Theater mit Grand Guignol für die Kinder, Schaukeln und Schaukelpferde, die Eingänge sind flankiert von Häusern der Gartenverwaltung im Stil von Schweizer Chalets, Treppen und Geländer aus grauem Kalkstein sind den Rinden und Stämmen der Bäume nachgeahmt, die Brücken sind kleine Sehenswürdigkeiten für sich, und: Ein Teil der Wiesen war zugelassen für (Wege-)Lagerer, die im Sommer ihre Picknicks und Lektüren dort abhielten. Hunde jeder Größe waren zugelassen, offiziell, nach dem Schild an den Eingängen, nur an der Leine, doch wie beim Parken hielt sich keiner an die Regel. Hunde liefen frei über Wege und Wiesen, sprangen über die Zäune, die Rosenbeete schützten, bis der Pfiff eines patrouillierenden Aufsehers für zwei Minuten den Schein von Gehorsam zurückbeorderte. Genau betrachtet, gab es auch hier einen Zwang zur ständigen Reaktion, von kontemplierendem Promenieren konnte keine Rede sein: Kinder und Jugendliche rasten auf Fahrrädern über die geteerten Avenuen, auch Gartenfahrzeuge und sich in Geschwindigkeit trainierende Rollstühle. Blieben die kleineren Wege, auch hier am späten Vormittag. (Nicht ungünstig für den Tagesplan, Tergrün arbeitete stets am Nachmittag, wenn die Stadt sich bevölkerte.) Aber der Weg zu den Buttes Chaumont war schon weit, 45 Minuten, die Strecke hin und zurück, und der Spaziergang dort wuchs sich zum Ausflug aus. Zurück mit dem Taxi? Der Hund mußte spazierengehen. Aber dort, täglich? Nicht möglich. Blieben also die Straßen. Um so mehr, als eines Tages eine Überraschung (keine surreale) auf sie wartete, im Park. Die Wiesen waren über Nacht von 1,50 Meter hohen Staketenzäunen aus Holz eingegittert. Eingegitterte Wiesen? Daß die höfische Struktur der französischen Gartenarchitektur auch zuvor Tulpenbeete oder Kamelienbüsche eingezäunt hatte, daß niedrige Gitter die Wiesen vom Weg abgrenzten, war vertraut: *pelouse interdite*. Doch nun: meterhohe Staketenzäune, gefangengesetzte Wiesen? Das Rätselraten begann. War es der Ausdruck einer kollektiven Neurose? Auch zuvor waren die Parks ohnehin je nach Saison ab 19 oder 21 Uhr verschlossen, geschützt vor nächtlichen Obdachlosen, Drogenverkäufern, Homosexuellen & Co. Liest man Henry Miller oder betrachtet Fotos der Pariser Squares aus den 60er Jahren, so sind Squares und Parks weder geschlossen noch verboten. Alte Frauen sitzen auf Parkbänken, Rentner und junge Leute, die Fifis und Toutous neben ihnen oder auf dem Schoß. Die Alten, die Armen, die Leute aus dem Quartier waren im Zug einer sauberer und teurer werdenden Stadt dieser alltäglichen Formen von Geselligkeit beraubt. Störte es sie? Gefragt, zuckten sie mit den Schultern, und ihre Gegner sagten: Scheiße auf den Spielplätzen in den Squares sei unhygienisch. Auf der ganzen Welt lebten Kinder,

Hunde, Erwachsene *querbeet* durcheinander – Vergleiche mit London, mit Rom zeigten: Es gab keine Reglementierung als Ausschluß. *Les expulsés,* Hunde und Hundehalter. Der Sauberkeitswahn, der einst als klassisches Zeichen eines autoritären, nach *Law and Order* schreienden Kleinbürgertums galt, machte sich auch in den Straßen bemerkbar. Auf die Straße als einzigen Ort verwiesen für die Promenaden mit Thoby, gab es Pöbeleien von Hausbewohnern, von Cafébesitzern, von Passanten: Die Scheiße, die Pisse, ein Thema, das einer Politik der Einschüchterung gerade gerufen kam. Thoby, der gegen die Hausmauer gepinkelt hatte, wurde von einem Garagenbesitzer mit Benzin bespritzt, von einer Patronne mit Wasser begossen, ebenso wie die argumentierende Tergrün. Argumentation rannte gegen eine geschlossene Wand der Provokation. Der faschistoide Wahnsinn fand seinen Gipfel, als Tergrün zum zuständigen Kommissariat ging. Schon die Frage schien verboten und als Angriff gegen die Öffentlichkeit verstanden zu werden, die Frage, wo ein Hund bitte pissen und scheißen dürfe, wenn doch die *propreté de Paris* mehrmals täglich die Scheiße mit staubsaugerähnlichen Schläuchen aufsauge und die Gehsteige mit Wasser abspritze. Die Antwort lautete: Für die Scheiße gebe es den *caniveau.* Für die Pisse schien kein Ort zugewiesen, denn das Pinkeln an Hausmauern könne mit Geldbuße von 900 Franc belegt werden. Geldbuße? Verwaltungsvorschrift? Pisse – Sachbeschädigung. Kommentar zum *caniveau:* Im Rinnstein zu scheißen war, ist bei den derzeitigen Verhältnissen nicht möglich, Paris ist von Autos verstopft, ein Auto parkt hinter dem anderen.

Die Polizistin sagte nach mehrmaligem Fragen: Auf den elektronischen Tafeln empfehle Monsieur le Maire (Monsieur Chirac) den *caniveau.* Ob die elektronische Tafel eine Verwaltungsvorschrift sei, war die Gegenfrage. Keine Antwort, nur die Wiederholung, der Hinweis auf die Tafeln. Kommentar: Eine Empfehlung impliziert keine Vorschrift. Ein Teil von Polizei und Bevölkerung verhält sich wie nicht denkende Untertanen eines Systems, dessen Appelle blind befolgt werden (für Nonsens war das Problem aber zu dringend).

Sie beschlossen, das Quartier zu wechseln. Das war der Abschied, die letzte Sitzung des T-Clubs. Gärten in Paris brauchten sie sich nicht mehr zu erträumen, in der neuen Wohnung am Montmartre lag ein kleiner Square gegenüber, für Hunde weder erlaubt noch verboten, sondern überhaupt unbetretbar, mit Ketten verschlossen, eine kleine Allee mit Bänken und Forsythien unterhalb einer Arena mit Abschlußmauer aus Bruchstein. Dort würden sie in den Mondscheinnächten sitzen und debattieren, denn ZU hieß geschlossen für alle. Vielleicht gab es einen Zugang, wie zu den Londoner Squares, nur für die Bewohner – das wären die Angestellten der Aide Sociale, als deren Dachgarten man den Square architektonisch betrachten mußte. Einstweilen hätten Tergrün & Twilight den Square als unbetretenen Ort der Imagination: für sich.

Für Hunde waren Squares eben nur nachts und/oder unsichtbar zu betreten. Denken Sie an die Freiheitskämpfe der Hunde in der einschlägigen Literatur, sagte Tergrün beim letzten Mal. Denken Sie an Virginia Woolfs *Flush,* den Spaniel von Elizabeth Barrett Browning, eingesperrt in der Londoner Zivilisation, von Grooms und Lakaien um den nebligen Block geführt, auf dem Bett liegend, zu Füßen der an den Zwängen der Gesellschaft Erkrankten, freiwillig eingesperrt im Krankenzimmer, an kurzen Leinen, eingezwängt von goldenen Freßnäpfen und Vorschriften – endlich freigelassen im Land der Freiheit der Sinne: Italien! Dorthin verlagerte das Paar Barrett Browning sein Domizil, selbst befreit von Ärzten, von Konventionen und Aufpassern, von der Familie, überließen sie Flush seinen Abenteuern in Straßen und Gärten und in den Körben seiner Gespielinnen. Twilight aber weigerte sich mitzuspielen, nach Italien stand ihm nicht der Sinn. Dumpf brütend nickte er zwielichtig vor sich hin. Literatengeschwätz, schien er zu denken, und Thoby gähnte höflich, leckte sich die Pfoten vom letzten Muffin, legte den Kopf zwischen die ausgestreckten Vorderpfoten und ließ den abwesenden Blick auf einem leeren Punkt der Teppichlandschaft ruhen. Der T-Club hatte sich überholt, Melancholie und Langeweile hatten Einzug gehalten, kurz vor dem Umzug. Wollen Sie sich an Oscar Wildes Wahlspruch halten, Messieurs, fragte Tergrün, nach dem *clever people never listen, and stupid people never talk*. Oder wissen Sie, wandte sie sich an den verdüsterten Twilight, wie wichtig es ist, ernst zu sein, bei Gurkenbrötchen und Port. Ernst zu heißen oder ernst zu sein, das war hier die Frage, bei *The Importance of Being Earnest*, und die Gurkenbrötchen und Muffins, Messieurs, waren bei Oscar Wilde aufgegessen, bevor die Gäste eintrafen.

Möveneier

Ein kleiner Raum, ein winziges Boudoir, hohe Fenster, die bis zum Boden reichen und aus dem Zimmer ein Treibhaus, einen Glaspavillon machen, mit hellem Stoff verhängt, um das Licht zu filtern wie in Sommerhäusern; aber wir sind in der Stadt, in Paris, in einer jener geheimen und vor der Straße versteckten Regionen, die hinter grünen Toren ihre Überraschungen eröffnen: Gärten, Atelierhäuser, Pavillons, Treppen, Balustraden, monströse Portale und Aufgänge im Haussmann-Stil, flankiert von Statuen, schwarzen Göttinnen des Fin de siècle, die Fakkeln tragen, neben idyllischen Ruheplätzen zwischen Rotdorn und Flieder.

Ein kleiner Raum, Luftpalast, fast wachsen die Bäume vor den Fenstern ins Zimmer, draußen heute keine Gestalten auf dem Weg in eins der umliegenden Atelierhäuser, ein Mittag im Sommer, ein später Mittag Ende Juni. Und so wie das Boudoir – wir wählen den Namen, ohne Anzügliches evozieren zu wollen, denn Boudoirs zeichnen sich gewöhnlich durch hermetische Abgeschlossenheit gegenüber der Außenwelt aus, und in dieser kleinen Glaszelle, die ihre Dimensionen durch die Fenster bekam, herrschten keine Spiegel, Alkoven, Paravents und Liegen vor, sondern ein hoher runder Tisch in der Mitte des Zimmers, zwei Stühle einander gegenüber, zwei weitere flankierten an der Wand eine kleine Kommode, auf der zwischen Kerzenleuchtern Schüsseln und Terrinen standen. Und so wie das Boudoir auf der Grenze zwischen innen und außen gelegen schien, einsichtig, durchsichtig fast, nicht nur für die Strahlen der Mittagssonne, so hatte auch die Atmosphäre im Zimmer etwas Durchsichtiges, auf der Grenze zwischen Erinnern und Vergessen Schwebendes, wie eine Schatulle mit Andenken, die fast entleert ist.

Das Souvenir, das obszöne Objekt der Erinnerung, lag, in zwanzigfacher Ausführung, in eine weiße Serviette eingewickelt, unter dem Deckel einer Fayence-Terrine aus dem Elsaß, aus dem 18. Jahrhundert, deren Oberfläche von einem feinen Netz schwarzer Sprünge gezeichnet war. Es waren in der Schale gekochte und warmgehaltene Möweneier, kaum größer als ein Hühnerei, grau und schwarz gesprenkelt und so rar auf der Palette der Speisefolgen, daß sie, anders als das vielfach verwendete Wachtelei, wirklich verschwunden waren aus der Gegenwart, aus dem Gedächtnis. Und doch erfüllte das Objekt Möwenei noch einmal den Wunsch nach Exklusivität, nach Umständlichkeiten und Zeremonien – man hatte sie schicken lassen, aus dem Norden, aus Ascheberg, und in der Küche stand jene Kiste, die in ganz Paris nicht zu haben gewesen wäre, Frachtgut, und die Möweneier lagen, noch roh, in Asche verpackt, und die Finger gruben sie aus wie aus Sand, vorsichtig, denn auf dem Transport hatte nicht eins einen Knick bekommen. Asche – nicht Holzwolle oder Styropor, und allein diese Verpackung hätte genügt, um ein Gespräch über die Rolle der *Sendung* zu führen – so wie der Wirt des berühmten Restaurants L'Assomoir in Montmartre vor wenigen Monaten für einen Gast hatte Erdbeeren aus Schweden einfliegen lassen, Wintererdbeeren aus dem Norden, und wenn es nicht wahr war, so war es gut erfunden. Möweneier – in der Jugend ihrer Vorfahren so gewöhnlich wie ... – nur daß die Möwen nicht jeden Tag ein Ei legten, sondern nur im Mai, Juni. Nur, daß auch heute, in den neunziger Jahren des 20. Jahrhunderts, auf der Frachtkiste noch ein Streifen klebte mit der Aufschrift: MÖVENEIER, mit v geschrieben. Sie hatte ihm die Kiste gezeigt, die Asche, den offenen Deckel, hatte mit unlackierten Fingern in der Asche gegraben und das Wort Möwenei wie mit f ausgesprochen. Ascheberg – ein Ort in Holstein? Oder schon auf der Grenze zu Dänemark, Schweden? Wo kamen sie her, die Graugesprenkelten. Für einen Mann mit Phantasie lag der Ort – Ascheberg – auf keiner Landkarte, genausowenig wie man die Herkunft der Gastgeberin hätte definieren wollen. Vielleicht um den Spaß auf die Spitze zu treiben, trug sie ein blaßgraues Kleid aus leichter Wolle, gerade, sich unter den Knien ein wenig verengend, hinten zugeknöpft, mit weißen Strümpfen. Vielleicht war die Möwenfarbe ihrer Verschalung Zufall, zu kindlich schien sie dem Vergnügen des Schälens jetzt hingegeben, als er einen gezielten Akt der Verführung hätte vermuten dürfen – eine junge Frau, auf hohem Stuhl sitzend, wie eine Möwe am Rand eines Bootsstegs, auf den Tisch, den See blickend, den kaum eine Welle kräuselte, nach einer Beute Ausschau haltend? – Wenn doch er seine Beute in

Augenschein nahm, ohne den Text zu verraten, den er blitzschnell entworfen hatte, als sie sich an den Tisch gesetzt hatten, in den Gläsern blassen Saint-Bris und vor den Tellern flache Fäßchen mit salziger, kalter Butter und kleine bunte Glasschalen mit Salz. Als sie sich zu Tisch setzten und das blinkende, blitzende, perlmuttschimmernde Weiß ihrer Augen im Mittagslicht mit dem durchsichtigen, glasigen, gallertartigen Eiweiß korrespondierte (anders als das feste, kompakte Weiß eines gekochten Hühnereis), hatte er, sich das Weiß ihrer Strümpfe vorstellend, die über den Knien enden sollten, das Ende des Mahls als das Ende eines Möweneis vorgestellt, das sanft zwischen den weißen Knien, die ihrer weißen Strümpfe entblößt wären, zerdrückt würde – das bereits geschälte Ei unter das Kleid zwischen die Knie geschoben, von außen nicht sichtbare, perlmuttschimmernde, glasige, weiße Knie, die das Eiweiß nur eben so lange drückten, bis die gelbe Kugel, herausgesprungen aus der platzenden Hülle von Weiß, ihm vor die Füße rollte – vor die Füße wie: in den Mund. Möwe – noch nicht deines Federkleides beraubt. Und sie erzählte, das Weiß eines Eis so vorsichtig zwischen ihren Fingerspitzen zerdrückend, daß die gelbe Kugel unversehrt auf den gebutterten Toast rollte, daß nicht nur Parvenüs in Deutschland auch das geschmacklose Weiße mitäßen, das hartgekochte Ei in Scheiben schnitten, das Brot damit belegten, sondern daß sich auch preußische Landjunker bei Delikatessen oft knorke gäben, Kaviar mit Blinis, Buchweizenküchelchen fräßen, den zarten Geschmack zustopften, was für den Magen, was Ordentliches ist nötig, so sagen diese handfesten Junker, auch höhere Ränge des baltischen Adels, während nichts schöner anzusehen sei als das sich häufende gläserne Weiß, Abfall-Weiß, Kunstobjekt in der Schale, sich häufend, anwachsend mit dem anbrechenden Nachmittag. Dieses feine weiße glasige Fleisch mit Messern zu malträtieren... dieses geschmacklose Gallert zu verschlingen... kein Wunder, sagte sie und streute mit bloßen Fingerspitzen Salz auf eine neue gelbe Kugel, daß diese Herren sich erotisch am besten im Bordell vergnügten und die Subtilitäten anderer Laken nie kennenlernten ... *to live up to my blue China* ... murmelte sie, und er deutetete durch ein Zucken seiner Wimpern an, daß er das Zitat kenne... Oscar Wilde und der Stil, der für Sterbliche unerreichbar ist: blaues China, welche Epoche? Vielleicht fiel ihm auf, daß die zerbrochenen Schalen durchsichtig waren wie Schalen für chinesischen Tee – doch schien er jetzt ungeduldig auf das Ende dieser Sublimitäten zu warten, ungeduldig wie draußen plötzlich der warme Regen durch das warme Sommerlaub rauschte, ungeduldig, daß sein Atem durch das warme Aschblond seiner – seiner? – Möwe streife... aber noch gab die Unbekümmertheit und das Zeremonielle der Person ihm gegenüber Rätsel auf. Gleichzeitig sprach sie jetzt von ihrer Jugend, als ob sie eine Neunzigjährige wäre, die Rückblick auf eine Ferne hielte, die durch den Abstand der Zeit, durch den radikalen Bruch mit den vergangenen Lebensgewohnheiten und durch das Fernglas Paris betrachtet, exotisch wirkt, die sich an Möweneiessen im großelterlichen Haus erinnerte, ein holsteinisches Herrenhaus mit klassizistischen Fenstern und geziegeltem Toreingang, über dem sich die Skulpturen von zwei Pferdeköpfen kreuzten ... vor dem Haus rechts und links eine alte Linde und Ulme und irgendwo in der Nähe, hinter dem Haus, ein See mit Bootshaus. Sicher gab es blaues Chinaporzellan in jenem holsteinischen Haus, und hatte er sein Gegenüber nicht noch vor wenigen Minuten als Möwe gesehen, auf einem Bootssteg nach Beute äugend. Während die Großeltern im kühlen Innern des Hauses mit gelben Markisen vor den Fenstern ihre silbernen Messerchen mit Perlmuttgriff in die kalte Butter senkten, um ihren Toast zu präparieren, während die Möweneier, in Servietten warmgehalten, unter dem Deckel der Terrine ruhten, hatten die Enkel, die zu Besuch waren, mit ihren Cousinen und Cousins und deren Kameraden, im Bootshaus ein Picknick. Ein Körbchen mit Möweneiern, bereits gebuttertes Weißbrot, ein bißchen Schorle, die sie im See unter dem Bootssteg kühlen ließen, und eine Fliege, die in der Mittagshitze vorschriftsmäßig im Raum brummte – was wäre ein Picknick im Freien – im offenen Bootshaus, denn draußen war es zu heiß für Butter und Eier, stehende Hitze, nicht mal ein Mückentanz über dem Wasser – ohne die unablässig kreisende Sommerfliege. Und dann sprangen alle auf und wollten baden, trotz Sonnenstich, trotz Hitzschlag und welche Gefahren ihnen sonst drohen mochten. Sie selbst, schon im Begriff, das leinengestreifte Sommerkleid abzustreifen, sei plötzlich *stehengeblieben*, stehengeblieben im Tag, in den Gesten, in der Sonne, sie sei stehengeblieben wie die kleine Taschenuhr aus Schildpatt, die ihre Großmutter ihr geschenkt hatte, sie selbst, keine fremde Hand habe sie arretiert (wie Dornröschen hinter der

Hecke). Und während der Zuhörer überlegte, ob diese kleine zahme Möwe mit ihrem silbernen Messerchen und ihrer Konversation, eine junge Frau Anfang Dreißig, die ihm ein ländliches Sommerpanorama aus jener Epoche aufblättert, der *Jugend,* in der man an mehreren Epochen zugleich partizipiert, weil man die Tiefendimensionen der Großeltern, Eltern, Onkeln und Tanten noch teilt, ob diese kleine zahme Möwe sich nicht nackt auf den Divan wünscht, entkleidet dieser Möweneierschalen, die sich hier häuften, ihm den Rücken bietend, der sicher so weiß, so transparent wäre wie dieses Eiweiß der Möwen, wie der Kult, den die Epoche jener Großeltern mit der Farbe Weiß trieb – weiße Haut, weiße Kleider, weiße Mauern, weiße Blumen im Jugendstil-Blätterstrauch, der Kult des Nordens, des Vagen, des Zwielichts, der Übergänge, der zitternden Nuancen, der Dämmerungen, der hellen Nächte, der Gefühlsintensitäten ... Sonnenbadbraun hatte hier keine Chance. Ihm den Rücken bietend, wie eine Möwe, die nicht nach Beute sucht auf dem Wasserspiegel. Metamorphosen, Möweneier, Mittag. Arretiert, sagte sie, als eine Stimme sie aus dem dunklen Nebenraum gerufen habe, wo die Boote zum Trocknen lagen oder auf Reparaturen warteten, und wie sie, während die anderen draußen im Wasser tobten, Sprünge vollführten, tauchten, prusteten, während die Großeltern und ihre Gäste bei herabgelassenen Markisen zum Nachtisch, einer Roten Grütze mit *Flöze,* einen Johannisberger Trockenbeeren-Spätlese tranken, im Dunkeln des Bootshauses in einem Boot auf dem Trockenen liegend, neben sich einen bekannten, unbekannten Cousin, mit dem sie bisher nur über Logarithmen geredet hatte und über Fahrradmarken, plötzlich auf ihrem schon nackten Bauch einen Haufen voll kühlen Eiweißes spürte, das er wohl aus der vollen Schale über sie streute wie andere Liebhaber vielleicht... sie war noch in Holstein, im Sommer... gelber Raps.

Cirque d'hiver

Offenbar hatte der Besitzer gewechselt, denn Türen und Fenster blieben lange geschlossen. Das gelbe, runde Gebäude mit der roten Zirkuskuppel am Boulevard du Temple zeigte nun seine grüngestrichenen Läden und machte, da es nicht heruntergekommen, sondern in gutem Stand war, ganz den Eindruck eines im Sommer geschlossenen Winterpalais, das seine Pforten zu Beginn der Saison wieder öffnen würde, wenn ganz Paris, zurück vom Land, zurück aus dem Sommer, auf die Boulevards strömte, um sich bei Champagner und schwanenfedergeschmückten Zirkuspferdchen und Tänzerinnen zu amüsieren.

Die Saison hatte längst begonnen, es war November, und auf dem Square neben dem Cirque froren die nicht abgefallenen Blätter bereits zu Kristall, das im Wind leise klirrte, doch das Gebäude lag immer noch da wie im Sommer: geschlossen, gut verputzt, in heiteren Farben. Es ging das Gerücht, das Gebäude bleibe der Öffentlichkeit verschlossen, befinde sich jetzt im Besitz eines alten Sonderlings, der in seltenen Nächten einigen handverlesenen Gästen den Zugang ermögliche und Paris um eine weitere Ruine in der historischen Stadtlandschaft bereichere; denn ehemalige Vergnügungsstätten, Mythen des 18. oder

19. Jahrhunderts, die vollständig restauriert, aber unbetretbar und nicht in Betrieb waren für die Öffentlichkeit, galten einer neueren Stadtchronologie als *Ruine*. Unzählige orientalische oder südamerikanische Magnaten, Ölscheichs oder Reeder, hatten in jener Epoche aus Paris in Teilen solch eine Ruinenlandschaft gemacht: Sie kauften Hotels, Bahnhöfe, Caféhäuser, Theater, Filmpaläste und benutzten sie ausschließlich als private Tempel, als wollten sie so einen geheimen, mit Reichtum geführten Feldzug gegen die verarmte europäische Zivilisation dokumentieren. Lautlos schien sich hier, über dem Lärm der unterirdischen Autobahnen, die die Stadt durchzogen, jener Untergang des Abendlandes zu vollziehen, der hundert Jahre zuvor in unzähligen Büchern, Artikeln und Vorträgen beschlossen, herbeigeklagt und als Gespenst an die Wand gemalt worden war.

Das Viertel gewöhnte sich an den geschlossenen Zirkus. Es gab keine Wintermatinee mehr, ohne Champagner, aber mit heißer Schokolade für die kleinen Mädchen, die in pelzbesetzten dunkelblauen Stoffmäntelchen am Sonntag durch klirrenden Frost in den Zirkus geführt wurden. Diese Mädchen, kleine Elevinnen, wohnten in Bürgerhäusern der Rue des Filles du Calvaire und mußten ihre Sonntage jetzt in Disney-Filmen an der Bastille verbringen und ihre Pelzmuffs einmotten lassen. Zum Ersatz gab es auf dem Boulevard Richard Lenoir nun ein Karussell, auf dem sich kurz vor Weihnachten unter glitzerndem Dach aufgezäumte Holzpferde drehten. Es gab keine geöffneten Seiteneingänge mehr am späten Morgen, wenn der Zirkus seine verschlafenen Directricen und

Zahlmeister dazu anstellte, mit den Händlern zu verhandeln, die vom nahen Belleville herunterkamen, aus der Rue Oberkampf, und ihre Waren lieferten. Keine im Morgengrau verkaterten Küchenmeister, die Weine und Artischocken, Liköre und Petits Fours, Eisbomben und Wildpasteten für die Chambres séparées auswählten. Auch wenn die Küche sich nicht erster Qualität erfreute, konnte man in der Chronik des Viertels lesen, hier habe selbst ein Enkel des Gourmets und Gourmands, des nicht weit entfernt geköpften Danton eine geeiste Madrilène nicht verschmäht. Keine jungen Söhne aus gutem Hause mehr, die morgens schlafend im Champagnerrausch auf den Bänken des noch geschlossenen Squares gefunden wurden – wenn sie, ein wenig um ihr Vergnügen betrogen, im Schlaf ihre Zirkusreiterin (aus der blauen, aus der rosa Phase ihrer Kostüme oder gleich nach Seurat) zu vergessen begannen.

Nein: geschlossen. Aber: Die Nachrichten sickerten dennoch durch, durch festverschlossene Holzläden, aus Pferdeboxen, Chambres séparées und einer Arena, in die nie Tageslicht fiel. Die Nachrichten kamen auf direkten Wegen, über den Kanal, denn noch immer war England in abgründigen Berichten über geheime Lasterhöhlen der Städte führend. Im *Spectator* erschien in unregelmäßigen Abständen ein mit dem Pseudonym Tsatsiki gezeichnetes Pamphlet, das die Vulgarismen des Massenvergnügungsbetriebs aufspießte und dem konservativeren Publikum von erlesenen Festen auf Yachten griechischer Reeder oder auf Schlössern bayerischer Fürsten Kunde tat. Daß der jetzige Prince of Wales, anders als es die Gewohnheit vorschrieb, seinen Vergnügungen nicht auf dem Kontinent nachging, sondern sich der Fischzucht, Rosengärtnerei und postmoderner Architektur widmete, schien er nicht zu bedauern. Nein, Tsatsiki meinte, die heutigen Anwärter auf die britische Krone verhielten sich so bürgerlich, daß sie zu Fuß zu Beerdigungen gingen und sich von ihren Söhnen vorhalten ließen, sie hätten die Mutter von einigen Paparazzi in einer Pariser Untergrund-Autobahn zu Tode hetzen lassen. Die Frage nach der Tradition erübrigte sich – ob erst der gekrönte König berechtigt sei, seine Gattinnen zu köpfen, zu lynchen oder in Klöster einsperren zu lassen.

Die Arena war verkleinert worden und statt der Sägespäne streuten Arbeiter vor der Vorstellung glitzernden Sand über den Boden. Die Pferde kamen aus einer arabischen Zucht: Der Leib kaum größer als der eines Ponys, nur die Beine waren höher. Der lächerliche Federschmuck war längst in einer Müllverbrennungsanlage vor den Toren der Stadt verschwunden: Nichts zierte diese schönen grauen und braunen Leiber als leise klirrende Ketten aus altem Rotgold mit wenigen eingelassenen griechischen Münzen, römischen Gemmen und geschliffenen Granaten und Topasen. Die Pferde waren in kleinen, nach vorn offenen Boxen im angrenzenden flachen Gebäude untergebracht, über jedem Pferd, in einem Spind, wohnte die zugehörige Tänzerin, die über nichts anderes als ein auf der Erde ausgebreitetes Lager verfügte. Wurde der Lärm in den Boxen zu groß, ließ sich der Spind auch von innen schließen, so daß die Tänzerinnen – klein wie Kinder, mit indischer, chinesischer, peruanischer, nubischer

Haut – dort ruhten wie in einem Karton. Gespeist wurden Pferde wie Tänzerinnen aus silbernen Trögen, Bechern und Schüsseln, und allein für ihre sechsmalige Speisung pro Tag – die alte Regel, das Füttern einmal am Tag, die bequem für das Personal war, galt als verpönt und höchsten Zuchtregeln zuwider – beschäftigte der unbekannte Besitzer vierzig junge Diener und Stallknechte. Ihre Garderoben, Livreen, Stiefel nahmen einen ganzen Saal in Anspruch. Natürlich mußten die Tänzerinnen nackt auftreten, jeder Plunder, Federn, Goldflimmer war verboten, als Fetische mochten sie kleine Peitschen aus weich geflochtenem Leder oder Musikinstrumente, Piccoloflöten, winzige Mandolinen tragen. Sie waren am ganzen Körper rasiert, zarteste Kinderhaut, jungfräulich, in Milch gebadet, und nur ihr Haar thronte in abenteuerlichen Bauten auf ihrem Kopf, geschmückt mit winzigen Trapezen, Reifen und Bällen. War so das Gleichgewicht dieser Tänzerinnen künstlich nach oben verlagert, so hatten sie für den Tanz noch eine andere Schwierigkeit zu überwinden: Sie mußten mit niedergeschlagenen Augen tanzen, kein Gast durfte je das funkelnde Weiß ihrer Augen erblicken (geschweige denn einen Gedanken an ihr vielleicht noch vorhandenes Hymen vergeuden), und nach der Vorstellung verschwanden die Mädchen auf Nimmerwiedersehen in ihren Spinden über den Boxen ihrer Pferde. Daß sie jeweils einem besonderen Pferd zugeordnet waren, verstieß im Grunde gegen jede Regel erotischer Erziehung und Haltung, der Grund dieser Maßnahme ließ sich nicht erraten, und Tsatsiki interpretierte sie mit Recht als humane Aufweichung klassisch erotischer Initiation, die der Truppe (den Elevinnen) die Fixierung auf ein bestimmtes Objekt der Begierde verbietet. Die Vorstellung dauerte genau eine Stunde, berühmte Ballettmeister lieferten Miniatur-Choreographien hier ab und wurden nach Übergabe eines großen Schecks und der Einladung zu einem kleinen Diner entlassen. Die Geladenen saßen an Tischen rund um die Arena, im kleineren Kreis zählten sie zwanzig und nie mehr als achtzig. Die Tische, mal mit bordeauxroten, bis auf die Erde herabhängenden Tüchern aus Moiré-Seide gedeckt, mal mit weißem Restaurant-Leinen, mal unbedeckt belassen in ihrem englischen Mahagoni, trugen alte Fayence-Teller und Terrinen aus dem Limousin mit Zirkuspferden als Motiv, die mit historischen Kostümen aus verschiedenen Epochen herausgeputzt waren. Alles andere war genauso erlesen und einfach. Das Geländer, das rund um die Arena lief, war aus mit schwarzen Intarsien versehenem Mahagoni. Die Lüster, bis zu achtzehn an der Zahl, hingen manchmal so tief in die Arena hinab, daß der Tanz aus Pferden und Mädchen sich um diesen Wald aus Kristallblättern und -tropfen und brennenden Kerzen arrangierte – brennend in bordeauxrotem Wachs, wenn die Tischtücher es erforderten. Die Stühle hatten hohe, gerade Lehnen und waren ledergepolstert, und der unbekannte Besitzer all dieser Reichtümer versteckte sich, ein echter *primus inter pares,* unter seinen Gästen, die sich dort trafen, ohne ihn zu kennen. Auch miteinander waren sie kaum bekannt, irgendwann im Jahr fanden sie unter ihren Einladungen einen elfenbeinfarbenen Karton mit schwarzer Schrift, der den Namen des Balletts, Stunde und Ort vermerkte. Dann hingen am Abend im Garderobenzimmer die Dominos der Frauen berühmter Schriftsteller oder Dirigenten, die zum Gaudium der diskret incognito bleibenden Magnaten ihre Damen, zirkuspferdartiger aufgeputzt als der ganze kleine Zirkus, zu Tisch führten. – Es heißt, daß auch Balthus, der große Einsiedler, zu einer Sondervorstellung erschienen sei und die Spalte einer jungen Chinesin, die schräg wie eine Gerade von ihrem Pferd herabhing, den Kopf nach unten, so gut gezeichnet habe, daß dieses Kunstwerk keinem Käufer angeboten wurde, sondern über der Tür am Ende des langen Gangs hing, der zur Arena führte; vielleicht war es Zufall, daß Türspalt, Augenschlitz, Spalte hier eine unfreiwillige Trias des Voyeurismus bildeten. Gucklöcher, heimlich geöffnete Türspalten, gab es hier nicht – so öffentlich waren die Versammlungen unter Ausschluß der Öffentlichkeit, daß mit der Zeit die Namen der Pferde und Mädchen sogar bekannt werden durften, ohne daß man befürchten mußte, den Zirkus in ein Bordell verwandelt zu sehen – das Gespenst der Freiheit, das seinen Schweif, immer auf der Flucht, immer sich entziehend, durch die disziplinierten Orgien dieser Nächte wehen ließ, trug jene Zügel, auf die sich raffiniertere Genießer verstehen.

Die Mädchen schienen nicht zu altern oder wurden auf so geheimnisvolle Weise ausgetauscht, daß sie identisch schienen und weiter ihre Namen Galatée, Laura, Beatrice trugen – man stelle sich eine schlitzäugige, zarthäutige junge Chinesin vor, die auf den Namen Phädra hörte, und Racinesches Pathos mischte sich seltsam mit der Aura einer zur Vestalin verdammten, mit unsichtbarer Trense maltrātierten Geisha. Die Augen blieben niedergeschlagen, die Glieder, der Rumpf bewegten sich in Pantomimen aus japanischem Mittelalter, modernem Ausdruckstanz, klassischer Moderne oder barocken Menuetten. Die Pferde wurden kaum geritten, sondern standen den Mädchen im Tanz gegenüber wie kleine Zentauren. Zuweilen fiel ein roter Laserstrahl (wie ein Lichtspalt) schräg von der Kuppel durch die dämmrige Arena, einen Strahl vom Himmel suggerierend, der die Gottesfürchtigen unter den Zuschauern an den Strahl einer frohen Botschaft und unbefleckten Empfängnis erinnern mochte, die pornographischer Gesonnenen an die über allem thronende Herrschaft der Spalte.

Epilog

Es heißt, Jahre nachdem die Kolumne Tsatsikis eingestellt wurde, habe ein kleines Mädchen aus der Rue des Filles du Calvaire einen der Ladenflügel im Wind klappern hören, als sie auf dem Square nebenan *Himmel und Hölle* hüpfte. Sie habe sich dem immer noch verlassen scheinenden Gebäude genähert, sei durch ein Loch in der kaputten Fensterscheibe gekrochen, habe einen Blick in den Kuppelsaal mit der Arena, den Lüstern und Tischen geworfen, ein Seitentürchen in dem langen Gang geöffnet und die Glaspassage entdeckt, die den Zugang zur Arena mit dem Stallungsgebäude und den Boxen verband. Und es heißt, sie habe alle Boxen und Spinde geöffnet, Pferde und Mädchen geweckt und sie noch schlafbefangen auf den großen Boulevard entlassen.

Eine Befreiung – Prozession nackter Mädchen und Pferde. Oder waren sie schon zerstreut?

Drahtpuppe

Ich weiß nicht, wie ich die beiden miteinander in Verbindung gebracht habe, bevor ich es wußte, den Mann aus dem Café Sancerre und die kleine Schneiderpuppe aus Draht. Ich war unterwegs, um Weihnachtseinkäufe zu machen, unterwegs in der Rue des Abbesses im 18. Arrondissement, hatte die Tüten schon voll mit Seidenschals, Wildlederhandschuhen, Broschen und Notizbüchern, als ich vor der kleinen Boutique stand, in der Siphons, Shaker und Cocktailgläser ausgestellt waren. Die fünfziger Jahre waren gerade wieder in Mode mit Tütenlampen, Plastikstühlen, bunten Neonröhren und Barhockern aus Eisdielen. Sie stand noch da wie seit Wochen, eine kleine Schneiderpuppe, ein Torso auf einer Stange mit einem Fuß, etwa 25 cm hoch. Solche Schneiderpuppen sah man häufig in Läden, in denen Maler ihre Farben und Pinsel kauften, doch war der Torso gewöhnlich aus Holz oder mit Stoff bezogen. Kleine Ikonen der Moderne, aus der Epoche von de Chirico und Carlo Carrà. Diese aber war aus dunkelbraun-rostigem Draht, und der Torso so geflochten, daß die Kleidfigur aus länglichen Rhomben bestand – das Muster eines Harlekinkostüms variierend. So daß gleich mehrere Fliegen der klassischen Moderne mit einer Klappe geschlagen wurden: Torso, Schneiderpuppe, Harlekin.

Sie sei unverkäuflich, sagte mir die Verkäuferin, denn ich hätte sie gern einem Freund zu Weihnachten geschenkt, einem Theatermacher, der eine Obsession mit solchen Kunstpuppen hatte und ein ganzes Arsenal von Schneiderpuppen, Torsi, Rumpfrhizomen besaß. Sie gehöre zur Dekoration und werde nach Weihnachten abgeräumt. Ich kaufte einen kleinen blauen Siphon – auch à la Carlo Carrà – mit aufgeklebten Plastiksternen – auch 50er Jahre –, und sie erklärte sich bereit, den Dekorateur nach dem Hersteller dieser Drahtpuppe zu fragen.

Einkäufe ohne Pause im Café – nicht auszuhalten. Und obwohl ich das Sancerre noch nie betreten hatte, Szenecafé mit lauter Pop-Musik, Nachtbeleuchtung bei Tag und schrägen Figuren auf schwarzen Plateausohlen und mit violetten Fingernägeln, setzte ich mich ans Fenster und bestellte einen Cocktail: *Nacht des Leguan,* eine Wodka-Gin-Mischung mit Wacholderbeeren und Zitronenscheiben. Ich schrieb eine kleine Postkarte in Gedanken an jenen Freund, der um ein unbekanntes Objekt seiner Sammelbegierde gebracht wäre, und überlegte, ob ich statt dessen die Fotografie einer Bellmer-Puppe zum Poster vergrößern lassen oder den Miniatur-Gipskopf von Sarah Bernhardt (in der Theaterboutique am Châtelet zu kaufen), mit einem selbstgebastelten Kopfhörer versehen, als Geschenk schicken solle.

Es war, wie gesagt, Weihnachtszeit, und in der Rue des Abbesses trieben sich viele Maler herum, die ihre Bilder von der Rue Tholozé oder der Moulin de la Galette an

Passanten verkauften – *pour manger,* wie sie mir sagten, und die zweihundert oder sechshundert Franc wanderten gleich in den heimischen Topf Coq au vin oder ins Café. Auf der Terrasse vor meinem Fenster saß ein Mann undefinierbaren Alters, den ich seit Jahren zu jeder Tageszeit hier herumsitzen sah. Er trug Westernstiefel mit Absätzen, Lederhosen, schwarz, Tweedmantel, lange graue Haare und viele silberne Ringe. Hundezüchter, Musiker oder Guru, dachte ich, denn ich hatte in den 70er Jahren einen Züchter von Afghanen gekannt, der in den Wäldern von Fontainebleau ein Anwesen hatte, auf dem sich, wie zu Erweckungskursen angereist, Frauen in indischen Kleidern herumtrieben und Trompeten-Sessions abgehalten wurden.

Ich trank meinen *Nacht des Leguan,* und aus dem Haus schräg gegenüber, dem Haus, das im fünften Stock Säulenbalkone und blaue Friese aus byzantinischen Kacheln hat, kam der grauhaarige junge Guru, der vielleicht nachts, wenn er nicht im Café saß, Drummer im Théâtre des Abbesses war, und ging langsam die Straße hinab Richtung Métro Abbesses. Der Kellner kam und kurbelte die Markisen ein Stück herunter und schaltete die Infrarotheizer aus, Dezember, aber es waren in der Mittagssonne schon sechzehn Grad. Die Besitzerin der Boutique führte ihren kleinen weißen Terrier in den Rinnstein und ging hinter ihm her, den Bordstein auf und ab. Sah mich im Fenster sitzen, deutete mit dem Finger zu mir hin und rief dem jungen Guru zu, hier habe er eine Kundin. Er drehte sich um, gelangweilt, auf Kundinnen schien er nicht scharf zu sein, und ich murmelte etwas von Drahtpuppe, von Carlo Carrà und Giorgio de Chiricos Schneiderpuppen. Es ist mein Bruder, der die Dinger macht, sagte er, aber alle im Quartier verwechseln uns, obwohl wir seit drei Jahren hier wohnen. – Tut mir leid, daß Sie sich belästigt fühlen, sagte ich leise, ich sah ihn vor fünf Minuten aus diesem Haus herauskommen, Ihren Bruder, Sie wohnen dort drüben, nicht wahr, in dem Haus mit den blauen Kacheln.

Er hatte eine kleine Feile vor sich liegen, und während er anfing, seine Gitarrenspielernägel zu stutzen, sagte er, als wolle er die Unterhaltung damit beenden, die Puppen kosten 200 Franc und sind nicht signiert. Im übrigen haben wir zwei verschiedene Namen.

– Pour manger, murmelte ich, die 200 Franc von der Hand in den Mund kannte ich. Ein Weihnachtsgeschenk, murmelte ich, für einen Freund, der ein Sammler solcher Sachen ist, vielleicht ein Sexual Maniac, vielleicht ein Analfetischist, Sammler haben es schwer, ihre Manien zu begründen.

Er stand auf, sagte, er wolle eine holen, und rannte über die Straße. Ich trank meinen *Nacht des Leguan,* betrachtete die Feile auf seinem Tisch, eine kleine Zange und eine winzige Drahtrolle auf einer Ausgabe von *Libération* der letzten Woche. Eine Dreiviertelstunde später – keiner zu sehen. Ich zahlte, nahm die Utensilien vom Tisch auf der Terrasse und ging. Keine Freiersfüße, dachte ich, die mich über die Straße führen, sondern ein Torso auf einem Bein, nicht sehr beweglich. Aber, sagte ich zu dem Guru, der die Haare jetzt zum Zopf gebunden hatte, als ich die Wohnung fand: Es heißt, alle Männer träumten sich Puppen ohne Kopf und ohne Füße, ohne Denken und Weg- oder Hinlaufen also. Puppe, ein heißer Draht.

Sie wohnten tatsächlich in dem Stock mit den Säulenbalkonen, und an den Wänden im Flur hingen Theateraufnahmen von Stücken, die ich nicht kannte. Er mache Theaterkostüme, behauptete er, und ich würde nie erfahren, wer von beiden Kostüme machte und wer die Puppen, denn es war wieder nur einer da, und ein Klingelschild mit den Namen existierte nicht an der Tür, in Paris sind die Namen der Mieter nur der Concierge bekannt: *les deux jeunes artistes.* Und eine Concierge gab es hier nicht, man hatte mir in der Apotheke im Erdgeschoß gesagt, sie wohnten im fünften. Er ließ mich ihm folgen, den Gang entlang, und öffnete eine Tür zu einem zum Hof gelegenen Atelier. Das Fenster war meterhoch, und gegenüber eine bleiche Wand mit den Klofenstern eines Hauses aus der Rue Durantin.

Auf dem riesigen Tisch lagen zurechtgeschnittene Stoffe, auf Schneiderpuppen saßen Baskenmützen aus rotem Renaissance-Samt und Brokatfräcke und Kniehosen, und davor standen, ohne Füße, Schnallenschuhe aus weichem Leder. In einem Regal standen die Drahtpuppen, handgefertigt, aber so gleich, als stammten sie aus der Fabrik, selbst die Marionettenserien Césars unterschieden sich mehr durch Nuancen. Unsigniert, wiederholte er und suchte ein altes Stück Zeitungspapier, um sie einzuwickeln. Schicken Sie uns nicht Ihre Landsleute auf den Hals, sagte er, wenn die Leute erst wissen – die Leute, die sich für Sammler halten –, daß wir hier wohnen, dann haben wir keine Minute mehr Ruhe. Gerade hat mir ein

Typ aus Dortmund geschrieben, der will ein paar hundert von diesen Dingern für eine Theateraufführung oder eine Oper – ich hab's vergessen. Er hat unsern Namen aus einem Magazin, in dem die Boutique drüben abgebildet ist; Adresse: Paris, Montmartre.

Dort-M-U-N-D. Tickte ein Wecker in meinem Ohr. Ich bezahlte und ging. Schickte das Ding ab und: Viele Grüße, steckte eine Kinderzahnbürste als Schrubber in eine der Rauten, Grüße aus der Requisitenkammer des *Sürrealismus,* und bekam ein Telegramm, noch am Heiligen Abend: BESITZE DAS EINZIGE UNIKAT. (Die Aufführung STOP war ein Reinfall.)

Neue Adresse

Eine junge Autorin, die den Karnevalstrubel mied wie die Pest, erdreistete sich, am Karnevalssonntag in den Schwabinger Fasching hineinzutelefonieren. Sie hatte Klossowski gelesen und einige Exkurse über die Riten der Römischen Saturnalien verfaßt, die das Oberste ins Unterste kehren, die Welt ins Gegenteil vertauschen, Maskierte rasten in orgiastischen Umzügen durch Rom, Reiche wurden zu Armen, Bettler zu Reichen. Doch blieb diese jährliche Welt für sie eine historische, rückwärtsgewandte Utopie, die vulgären Massenumzüge der Gegenwart mit ihren monumentalen Pappfiguren und Karnevalsprinzen widerten sie an. Vermutlich hätte sie auch die berühmten Schwabinger Künstlerfeste nicht gemocht, bei denen noch wie in den 20er Jahren junge Festköniginnen entkleidet durch frostige Straßen getragen wurden, bemalt von den Pinseln der zeitgenössischen Avantgarde. Sie ging davon aus, daß jeder vernünftige Mensch an Karneval zu Hause blieb und sich seinem Werk widmete, während Schneetreiben und Maskenzüge durch die Straßen wehten. Sie rief also ihren Verleger an, der sich an Feiertagen, so war bekannt, seinen Memoiren widmete – er war ein Archiv an Anekdoten über Künstler, vornehmlich wenn sie aus der

Rolle gefallen waren: Alkohol-Orgien, auch ohne Karneval. Sie selbst war noch nie aus der Rolle gefallen, doch war sie ja noch eine junge Autorin. Kurz nachdem sie ihr erstes Buch veröffentlicht hatte in jenem Verlagshaus, fing sie an, ihm kleine Briefchen nach Hause zu schicken, in denen sie ihn über den Stand ihres Denkens auf dem laufenden hielt – einige Zeilen zu Blanchot, einige Zeilen über *Warten, Vergessen,* einige Zeilen über die Nachtbilder von Brassaï oder die leeren Straßen von Atget – und über ihre schriftstellerische Produktion. Vielleicht brauchte sie einen inneren Adressaten, vielleicht hoffte sie jenseits der Lektorierung und Vermarktung ein intellektuelles Gespräch anzuknüpfen – eine Antwort hatte sie bis jetzt nicht bekommen. Statt dessen eine neue Adresse, ein weißes Blatt Papier, Verlagspapier, auf dem stand:

Alte Adresse:
Inselstraße 29
Tel. 089/40 29 40

Neue Adresse:
Hofgartenstraße 3
Tel. 089/40 03 40

Eine vage Neugier hatte sich ihrer bemächtigt, das Privatleben, die Wohnungen, Schränke und Kommoden ihres Verlegers in Augenschein zu nehmen. Sie hatte beschlossen, eine alte Tante zu besuchen, die sie seit langem an die Isar eingeladen hatte, und bei der Gelegenheit vom englischen Mobiliar und Silber der Tante aus einen Abstecher in die – vielleicht new-yorkerische – Wohnung, Flat oder Loft des Verlegers zu unternehmen.

Sie wählte die neue Nummer, und tatsächlich nahm auch am Karnevalssonntag jemand den Hörer ab. Eine weibliche Stimme meldete sich, nannte ihren Namen – einen Namen, der mit dem Namen des Verlegers nicht identisch war – und behauptete auf die Frage der Autorin, einen Mann namens K. gebe es nicht hier. *Alice lebt nicht mehr hier,* variierte die Autorin einen zeitgenössischen Film und entschuldigte sich für die falsche Wahl. Sie legte auf, überprüfte ihren Zettel und wählte wieder. Dasselbe Spiel. Aber, sagte sie, ich habe vom Verlagshaus H. auf Verlagspapier diese neue Adresse und Telefonnummer zugeschickt bekommen. Ich weiß von nichts, sagte die Stimme am anderen Ende der Leitung, hier wohne nur ich, und mein Name ist W.

Einige Wochen später hatte die Autorin ihre alte Tante besucht, das englische Silber und Mobiliar, war durch verschneite Straßen in Bogenhausen spaziert und saß in der neuen Adresse ihres Verlegers. Sie war Detektivin genug, um mit der Geschichte des Karneval-Anrufs hinter dem Berge zu halten, sie hatte das Rendezvous über die Sekretärin des Verlegers verabredet, es war wieder Sonntag, und kurz zuvor hatte sie die neue Telefonnummer gewählt und die Stunde ihres Besuchs ausgemacht. Wohnte er dort in der Hofgartenstraße, wohnte er anderswo und hatte dort nur ein ausgelagertes Arbeitszimmer? Wohnte dort noch jene Frau W. oder nur karnevalssonntags?

Sie saßen in der Küche, später Vormittag, und auch

diese Einladung zum Frühstück lieferte tausend Gründe, über den Status jenes Verlegers zu rätseln. Er hatte ein Arbeitszimmer gezeigt, und die Autorin hatte diskrete Blicke über einen großen Schreibtisch und ein kleines Schaukelpferd schweifen lassen. Er hatte gesagt, da ... hinten, im anderen Teil der Wohnung, wohnten noch andere. Tatsächlich stand neben dem Klingelknopf über seinem Namen der Name W. Im anderen Teil der Wohnung stand eine Tür offen und gab den Blick frei auf einen großen Glastisch mit vier Stühlen. Warum nahmen sie nicht dort das Frühstück ein? Im anderen Teil ... wohnen noch ... andere Leute. Also die Küche ... durfte er mitbenutzen. Es war eine Einbauküche, zugepflastert mit weißen Systemteilen, und in der Mitte standen ein zusammenklappbarer Tisch und Klappstühle. Die Autorin hatte gehört, daß der Verleger, als er noch armer Lektor war, seine weitläufig verstreuten Amouren so finanzierte, daß er in mehreren Städten nur als Untermieter, in Wohnungen von Autoren, zu Hause war. Ein Verleger als Untermieter. Es sah weder new-yorkerisch noch berlinerisch aus – von diesen Standorten wußte man –, und er präparierte eigenhändig Tee und Rühreier, auf dem Tisch gab es Sülze und Schinken, nirgendwo Alkohol und kein Anlaß, aus der Rolle zu fallen, und als die Autorin, die zum Abschluß einen Pfirsich genossen hatte, eine Serviette suchte, um sich die Finger abzutrocknen, reichte er ihr den Zipfel seines Geschirrtuchs.

Bei späteren Besuchen konnte sie die Spekulationen über seine Identität und seine Behausungen fortsetzen. Eine

Zeitlang erging sie sich in der Vermutung, er sei vielleicht DDR-Spion gewesen, seine Kontakte auf der Leipziger Buchmesse ließen nichts zu wünschen übrig, und einige Jahre später, nach dem Fall der Mauer, wirkte diese Vermutung über die Undurchsichtigkeit seiner Verhältnisse recht wahrscheinlich. Einmal tauchte die Dame W. höchstpersönlich auf bei einem dieser Besuche, man bekam den Eindruck, als lebten die beiden seit langem zusammen, und es gab dieses Mal von ihr zubereitete Spaghetti mit schwarzen Oliven. Doch behielten diese Essen etwas Provisorisches, einen Leerraum, so leer und provisorisch wie die Wohnung eingerichtet war, und dann – erhielt sie keinen Zettel mehr mit *Neuer Adresse,* sondern hörte, daß der Verleger wieder umgezogen war, nach Bogenhausen, in die Nähe der Tante. Das war eine Phase, in der die Autorin ihre neuen Manuskripte durch einen Freund abliefern und sich die neuen Geschichten um neue Tafelrunden berichten ließ. Sie verloren sich aus den Augen, und bei der Autorin begann die Phase der Umzüge. (Nicht Karneval.) Sie schickte zwar regelmäßig weiße Blätter in den Verlag, komponiert wie das erste: Alte Adresse / Neue Adresse. Doch schienen, nun umgekehrt, Verlag und Verleger Zweifel an ihrem derzeitigen Standort zu haben. Sie bekam Abrechnungen und Pakete mit Rezensionen entweder gar nicht mehr oder auf Umwegen nachgeschickt. Und sie konnte sich vorstellen, wenn der Verleger die letzte Nummer wählte, bekäme er zu hören: Ich weiß von nichts. Hier wohnt keine Autorin namens G.

Seltsames Echo, Karnevals-Nachhall.

Früher Morgen in der Métro

Aus dem Bett der Geliebten kommend, an einem frühen Morgen mit der Métro die Stadt zu durchqueren: Das ist ein Glück.

Die Tür der kleinen, nachtwarmen Wohnung schlägt hinter dir zu, über den Dächern bricht der Morgen an, kalte Morgenluft. Die Straße noch leer. Ein einzelner Mann, auf einem Fahrrad. Du biegst um die Ecke, überquerst den Platz. Ins dünne Morgenzwielicht mischt sich der Schein der runden Lampen über den Markisen des Bistros an der Ecke – es wird soeben geöffnet. Du fröstelst und steigst die Stufen zur Métro hinab. In den Gängen noch der Geruch von gestern. Von vorgestern, von vorvorgestern, von lange her, von … – ein Geruch nach Mief und Staub, unverwechselbar: Auch das ist ein Glück.

Du sitzt auf der Bank. Schläfrig, noch träge der Körper. Die Haut noch zwischen den warmen Laken. Die Métro rast Richtung Madeleine. In der Haut noch der sanfte Druck der Nacht.

Was ist ein Glück? Atmen. Im gleichen Schritt gehen, in der Nacht, Hand in Hand, um den Square Clignancourt. Gehen – atmen, in die Nachtluft. Liegen – und atmen, im Zimmer, hinter weißen Läden aus Blech. Atmen, in langen Zügen. Atmen, Luft holen, Tiefe.

Jetzt sitzt du in der Métro. Die Luft schon gesättigt vom Staub in den Gängen. Immer bringt der Tag ein Ersticken. Aber du atmest – noch, weitest dich, in der Brust, in der Haut. Im Mund diese Weite – ein Glück.

Wenige Gestalten vor dir, in dieser Frühe, müde in ihren Sitzen. Und auf dem Boden noch immer verkrustete Flecken, auf dem Fenster noch immer der Film von Schleim, von gestern, von vorgestern, von lange her. An einer Métrostation die letzten Penner, tief schlafend, die Weinflasche neben dem Sitz. Du fährst das letzte Stück, im Körper der atmende Herzschlag. Schon füllen sich Gänge und Bahnsteige.

Und dann steigst du, an einem anderen Ende der Stadt, in den Morgen. Zuerst, an der untersten Stufe, siehst du nur Himmel, noch bleiern, noch zwielichtig, schon klar, transparent. Auftauchen, emporsteigen. Eintauchen, in den Boulevard, den gedrängten, lebendigen Tag. Hineingehen, in ein Café. An die Theke gehen. Die Geliebte anrufen? Einen Jeton fürs Telefon. Nach hinten gehen, in die Kabine, die Nummer wählen. An die Theke zurückkehren. Einen Kaffee trinken. Die Zeitung aufschlagen.

Und ich – liege in diesem dunklen Zimmer, im Zimmer hinter weißen Läden aus Blech. Und ich – die frühe Strecke mit der Métro begleitend. In wenigen Sekunden: Die Stadt durchquert, ein Glück durchquert. Die Zeitung raschelt – die Nacht abgeschüttelt, vorbei.

Nachwort

Unter dem Titel *Catherine-Paris* erschien 1928 ein französischer Roman in deutscher Übersetzung, der einem geneigten Rezensenten zufolge »Leitartikel und Liebeslied« zugleich war – Leitartikel über und Liebeslied auf Paris, »die Göttin der Hauptstadt von Frankreich in ihrem Boudoir, träumerisch ruhend, [...] in einer Vase die zehn Lilien des städtischen Wappens«, wie er inspiriert im Tenor des Buches weiterfabulierte. Verfaßt hatte die feierliche Liebeserklärung mit autobiographischen Zügen keine Einheimische, sondern eine Wahl-Pariserin namens Marthe Bibesco, die 1955 Aufnahme in die Académie Française fand. Walter Benjamin schrieb in seiner Kritik »Paris als Göttin« anerkennend: »Dieser Roman hat die Geschichte, Statistik, Topographie von Paris auf gute Art in sich integriert. Spröder und phantasievoller ist der Stadt selten gehuldigt worden. Eine Leidenschaft bricht hindurch, wie nur die Fremden sie kennen. Denn die Fürstin Bibesco ist Rumänin. Ihre Heldin übrigens auch.«

Undine Gruenter, erzählt ihr Mann, der Literaturwissenschaftler Karl Heinz Bohrer, habe an ihrem dreißigsten Geburtstag 1982 keinen größeren Wunsch gehabt, als mit ihm gemeinsam die Pariser Schauplätze von Heinrich Manns zweibändigem Roman über den »guten«, volksnahen König Henri Quatre abzuschreiten. Aber vor allem die mythischen Orte der Surrealisten, wie der von Louis Aragon in *Pariser Landleben* bedichtete Park Buttes-Chaumont im Nordosten oder das »terrain vague« der Place Dauphine aus André Bretons *Nadja,* hatten an der »Ungeheuerlichkeit ihrer Paris-Entzückung« maßgeblichen Anteil, erinnert sich Karl Heinz Bohrer. Das war ihr erstes Treffen in Paris, die Initialzündung für Gruenters »ungebrochene und unbrechbare, tiefe Leidenschaft für diese Stadt«, die bis zu ihrem frühen Tod im Alter von fünfzig Jahren am 5. Oktober 2002 nie nachgelassen habe. Seit Ende der achtziger Jahre wohnte das Paar an der Seine, zwei der drei gemeinsamen Wohnungen lagen am Montmartre. Hier spielt der letzte zu ihren Lebzeiten veröffentlichte Roman *Das Versteck des Minotauros* (2001): Er verlegt die Sage des menschlichen Ungeheuers mit Stierkopf in die Cité des Platanes, einen labyrinthischen Gebäudekomplex am Fuße des Montmartre. Das Leben der Bewohner dieses bunten Makrokosmos ist fortwährend »Anschlägen des Phantastischen durch die Wirklichkeit« ausgesetzt. Der Roman tarnt sich mal als schwarze Humoreske, mal als Detektivgeschichte. Reiz- und geheimnisvoll entzieht er sich weitergehenden Interpretationen.

Niemand malte die Pariser Farben so wie Undine Gruenter. Sie habe angefangen zu schreiben, um ein bestimmtes Ziegelrot an einer Mauer festzuhalten, sagte sie einmal; das mag noch im Rheinland gewesen sein. Doch bereits ihr Romandebüt *Ein Bild der Unruhe,* 1986 erschienen, verwies ein für alle Mal auf die eine Farbpalette, die vom typisch schmutzigen Weiß der Pariser Fassaden dominiert wird. So auch in *Vertreibung aus dem Labyrinth* (1992), einem Buch, das bereits im Titel eine Lieblingskonfiguration der Autorin erwähnt: den Irrgarten. Abwegig und aussichtslos erscheinen viele ihrer Erzählkonstruktionen, und doch deutet sich stets ein Fluchtweg an.

Eine Leidenschaft, wie eben nur die Fremden sie kennen – Paris, laut Walter Benjamin die Hauptstadt des 19. Jahrhunderts, hatte und hat in der gebürtigen Kölnerin eine ihrer treuesten Apologetinnen diesseits des Rheins gefunden, eine Art »Ondine de Paris«, um mit Madame Bibesco zu sprechen. Undine Gruenter betrieb den Entwurf ihrer selbst als ästhetischer Existenz von Anfang an in aller Entschiedenheit. Sie wollte in ihrem stilistisch hoch elaborierten und äußerst traditionskundigen Schreiben bewußt nicht »modern« sein, so wie sie auch zum deutschen Literaturbetrieb stets Distanz hielt. In Paris aber, im spezifisch weißgrauen Licht, das die Architektur im Stil des Boulevard Haussmann reflektiert, entdeckte sie das ihr gemäße Terrain aus Literaturtheorie und -geschichte. Dabei läßt sich eine Tendenz vom Statischen bis Elegischen in längeren Werken, wie den 2003 postum veröffentlichten Erzählungen *Sommergäste in Trouville,* hin zu einer Öffnung ins Ironisch-Burleske innerhalb der kleinen Form beobachten: Diese Eigenart war bereits in der Kurzprosa *Epiphanien, abgeblendet* (1993) erkennbar und manifestiert sich endgültig in den *Pariser Libertinagen.*

Die vorliegende Auswahl von 25 Texten stammt aus den Jahren 1999/2000. Damals hatte sich Undine Gruenters Krankheit schon soweit verschlimmert, daß sie die Erdgeschoßwohnung mit Innenhofgarten am geliebten Montmartre nicht mehr verlassen konnte. Auch die Arbeit an der Schreibmaschine fiel ihr zunehmend schwerer. Schließlich benötigte sie eine Spezialvorrichtung, um die Tastatur bedienen zu können. In der extremen räumlichen Isolation habe seine Frau die touristische Veränderung, wenn nicht Verschandelung des Montmartre gar nicht mehr richtig wahrgenommen, so Karl Heinz Bohrer. Ihren letzten, im Frühjahr 2004 erschienenen Roman *Der verschlossene Garten,* eine zeitlose Parabel über die Unmöglichkeit der idealen Liebe, mußte sie ihm diktieren. Um so größere Bewunderung verdient ihre bis zuletzt anhaltende enorme literarische Produktivität.

Das erinnert an das Schicksal ihres rheinischen Landsmanns Heinrich Heine – seine Passion für Paris als Hort der Geistesfreiheit dauerte bis zu seinem Tod in erbärmlichen Verhältnissen 1856 unvermindert an: »des Sonntags denk ich an Henri Heine die Rue des Martyrs ohne Matratzengruft Frühlingsnarzissen gleich um die Ecke ob auch die Götter abends Kartoffeln kochen Kölsche Kartoffelverhältnisse« schreibt Undine Gruenter in »Carrefour Frochot«, einem der vier stilistisch auffälligen, von der Erdenschwere herkömmlicher Syntax befreiten Stakkato-Texte (außerdem: »Place des Abbesses«, »Place Blanche«, »Canal Saint-Martin«). In ihnen entwirft sie mittels des Stream of Consciousness ihre persönliche Topographie der Stadt.

Wie Leuchtbojen ragen diese fast lyrischen Reihungen Pariser Phänomene hervor, als Fixpunkte eines Stadtplans, den sich das post-surrealistische Autoren-Ich einverleibt hat. »Könnte man die leise Stimme Bretons noch einmal vernehmen«, formulierte sie ihren Wunsch an die laut gewordene, von Schnellrestaurants okkupierte Place Blanche. Ihre Melancholie über das Verschwinden des alten Paris, wie es etwa Carnets Film *Hôtel du Nord* bewahrt, ist allgegenwärtig. Sie transportiert dieses Grundgefühl in eine Literatur der Wünsche und der Bezugsgrößen Aragon, Breton, Apollinaire, Cocteau, Sartre, um nur einige »Säulenheilige« zu nennen. Das Alltägliche, Zufällige des Pariser Lebens – sei es die ubiquitäre Métro, die Begegnung mit einem Straßenkehrer aus den ehemaligen Kolonien, die bürokratisierte Wohnungssuche oder ein Kurzschluß zur Unzeit – liefert dieser poetisch getönten Prosa lauter gleichwertige Ausgangspunkte, ganz im Sinne Apollinaires. »Auch das Paris der Sürrealisten ist eine ›kleine Welt‹«, bemerkte Walter Benjamin 1929 in seinem grundlegenden Aufsatz »Der Sürrealismus«, dessen »ü« Undine Gruenter in die *Pariser Libertinagen* übernimmt: »Das heißt in der großen, im Kosmos, sieht es nicht anders aus. Auch dort gibt es carrefours, an denen geisterhafte Signale aus dem Verkehr aufblitzen, unerdenkliche Analogien und Verschränkungen von Geschehnissen an der Tagesordnung sind.«

Die Heiligen jener Bewegung, deren höchstes Ziel die profane Erleuchtung war, steigen von den Säulen herab und werden wieder in ihr Recht gesetzt, an ihren angestammten Plätzen. Das beginnt triumphal mit einem

»gelben« Sirenenton in den titelgebenden Libertinagen: Gelb, die Farbe der Narzissen und Narzisse, der Hofnarren und Falschmünzer, blitzt im gesamten Buch immer wieder als Signal der Beschleunigung auf, etwa als *hunting yellow* in der anglophilen Hunde-Phantasie »Tea for Three«. Stets spielerisch bleibt der Umgang ihres »aus der philosophischen Pariser Theorie längst entlassenen Ich« mit Referenz-Texten wie *Die Brüste des Tiresias,* Guillaume Apollinaires grell-komischer Gründungsschrift des Surrealismus von 1917. Die Autorin probiert Sprachgesten wie historische Kostüme an, wie sie ohnehin eine Neigung zum höfischen Zeremoniell und dessen dezenter Sinnlichkeit hegt (»Die Farbe der Beinkleider«). Ansonsten ist sie dem »Soudain«, dem Zufall und Witz als ästhetischem Prinzip und der phänomenologischen Wahrnehmungsartistik des Nouveau Roman verpflichtet. Implizit stehen einzelne Prosastücke in einem imaginären Dialog mit Karl Heinz Bohrers Literaturtheorie der »Plötzlichkeit«, wonach nur die ästhetische »Epiphanie des Augenblicks« die Selbstvergewisserung des Künstlers garantiert.

Undine Gruenters Aneignung des »begreifbaren, erlernbaren und begehbaren Geheimnisses der Stadt« (»Paris, Anfänge«) war allumfassend und durchaus ehrgeizig. Einige Texte mit anrührend häuslicher Thematik führen mustergültig die Ingredienzien eines Lebens à la Française vor; die Erschließung der Wahlheimat wurde mit einer gewissen deutschen Gründlichkeit betrieben. Besonders interessierte sie die historische Paris-Fotografie, deren Vertreter wie Willy Rossis oder Eugène Atget sie verschiedentlich erwähnt. Das ehemalige Arbeiterviertel Belleville-Ménilmontant verströmte für sie noch jenes zeitlos inspirierende Flair, das sie selbst mit Fotografien von stilllebenhaften Objets trouvés einfing.

Das vermeintlich Obsolete verteidigen ihre Texte mit verhaltenem Trotz, einmal ist die Rede von der »zum Stillstand gekommenen, verurteilten Paris-Literatur«. Daß die geistige Tradition der Stadt für sie einen unverminderten Mehrwert bot, zeigt das ironisch-süffisante Kabinettstück »Rosette de Lyon«. Hinter dem schweizerisch klingenden Anagramm »Ryhen« verbirgt sich Unica Zürns langjährige Vertraute, die Journalistin und Übersetzerin Ruth Henry. Im Nachwort zu dem Roman *Der Mann im Jasmin* attestierte Henry der 1970 durch Freitod aus dem Leben geschiedenen Unica Zürn die Deckungsgleichheit von Werk- und Lebensabsicht. Das Beispiel der »entwurzelt als Deutsche in Paris« lebenden Künstlerin dient Undine Gruenter als negative Spiegelung ihres weiblichen Autoren-Ichs, während sie »Ryhen« als übernatürliches Medium erscheinen läßt. Und selbst die Psychiatrie wird durch die Erwähnung des Zürnschen Leidensgenossen Antonin Artaud *(Lettres de Rodez)* literaturgeschichtlich geadelt.

Deutschland taucht in dieser so dezidiert frankophilen Prosa höchstens als dunkler Kontrast, als romantischer Hintergrund auf, wie in der »nordischen« Erotik des Textes »Möveneier«. Undine Gruenters erzählerische Eleganz eignet sich mit Vorliebe stillgelegte Orte, großstädtische Katakomben an, um sie mit knisternden Geheimnissen aufzuladen. In der Verkehrung von Oben und Unten, in der Verschiebung von Bedeutungs- und Bewußtseinsebenen erweist sie sich wieder als souveräne Adeptin des »Sürrealismus«.

»Im Mittelpunkt dieser Dingwelt steht das Geträumteste ihrer Objekte, die Stadt Paris selbst«, schrieb Walter Benjamin. Schöner kann man den literarischen Lebenstraum Undine Gruenters nicht in Worte fassen.

Inhalt

Libertinagen 7

Paris, Anfänge 13

Ode an eine Treppe 29

Variation auf einen Schwan 31

Heiratspläne 33

Diese Seite der Stadt 39

Carrefour Frochot 47

Tagarbeiter 49

Place Gambetta 57

Schnappschuß oder Standfoto 67

Place des Abbesses 73

Alter Port 77

Place Blanche 81

Canal Saint-Martin 85

Die Farbe der Beinkleider 89

Rosette de Lyon 99

Olivenbaum 109

Normannische Träume 117

Katakomben 123

Tea for Three 127

Möveneier 151

Cirque d'hiver 159

Drahtpuppe 169

Neue Adresse 175

Früher Morgen in der Métro 181

Nachwort 183